이 나이에 덕질이라니

본격 늦바람 아이돌 입덕기

이 나이에 덕질이라니

원유 지음

21세기북스

Prologue

마흔 넘어 시작된 은밀한 덕질생활

나의 삶에는 '요일'이 없다. '날짜'도 없다. 그저 '시간'만 존재한다. 오늘이 무슨 요일이었더라, 한참을 생각한다. 어떨 때는 날짜 확인을 하려고 휴대폰 화면을 켜기도 한다. 회사일 마감과 아이 학교 행사 등이 적힌 스케줄대로 나는 움직인다. 오늘은 그저 어제의 연장일 뿐.

나는 일간지 기자이자 초등학생 둘을 키우는 워킹맘이다. 바삐 돌아가는 직장에서 퇴근한 후 집으로 다시 출근, 아이들 뒤치다꺼리에 엉덩이 한번 붙일 새도 없이 하루를 겨우 마감한다. 침대에 누운 나는 한동안 자는 척을 하다가 남편의 코 고는 소리를 확인하고 유튜브에 접속한다.

검색어는 '강다니엘', 업로드 날짜는 '오늘'.

팬미팅이 있는 날은 직캠 영상이 많이 올라온다. 문득 이걸 찍는 사람들은 일상생활이 어렵겠다 싶지만 사실 고마운 마음이 크다. 3분, 5분으로 팬미팅 영상을, 그것도 내가 원하는 멤버의 영상만 따로 편집해서 올려주니 얼마나 감사한가. 나처럼 분 단위로 쪼개서 육아와 일을 병행하는 워킹맘에겐 최고의 '힐링 타임'이다.
'오늘은 많이 피곤해 보이네. 어제 콘서트에 참가해서 그런가.'

'그래도 이 아이는 웃는구나. 팬이 있어 감사하다는 아이니까.'

'사복 패션이 더 잘 어울리네. 도대체 YMC 의상 담당은 이 멋진 피지컬을 왜 후줄근한 옷으로 가리는 거야!'

5분도 채 안 되는 시간 동안 여러 생각이 교차한다. 눈은 이미 감기기 직전. 깜빡 조는 사이, 들고 있던 휴대폰을 놓쳐 침대로 떨어뜨렸다. 어이쿠!

휴대폰 화면 불빛을 최대한 어둡게 줄였음에도 뒤척이던 남편이 눈치를 챘다.

"좀 자라고!"

"응, 잘 거야…."

"아예 강다니엘이랑 같이 살아라."

"잠이나 자!"

남편이 돌아눕는다. 강다니엘 영상을 다 본 뒤에야 비로소 오늘 하루가 진짜 끝났다.

워킹맘의 일상은 야구(난 한때 야구 전문 기자였다)에 빗대면 '속구'와 같다. 공은 비슷한 궤적을 그리며 포수 미트(포수 전용 글러브) 근처로 빠르게 날아간다. 똑같은 일상의 반복으로 어제 같은 오늘을, 오늘 같은 내일을 살아간다. 속구, 속구, 속구. 눈을 깜빡일 새도 없다. 지금까지 천 개, 만 개의 공도 넘게, 그렇게 똑같이 던졌을 것이다.

강다니엘은 그런 면에서 나에게 일종의 '변화구'와 같다. 옆으로 휘는 슬라이더랄까, 타자 앞에서 뚝 떨어지는 포크볼이랄까. 아니면 끝을 종잡을 수 없어 포수 또한 잡기 힘든 너클볼이랄까.

이런 구종 변화 혹은 삶의 경로 이탈은 분명 지금까지의 나와는 다른 모습이다. '덕통사고'라고 했던가. 집과 회사만 알던 내가 이 나이에 아이돌 덕질이라니. 10대 때도 하지 않던 덕질을 40대에 접어들어 뒤늦게 시작했다.

나조차도 이런 내가 어색한데 남편은 오죽할까. 가끔은 아주 한심한 표정으로 바라본다. 아이돌에 대한 인식이 보통은 그렇다. 40대에게는 너무 어리고 유치한 문화라고.

그래도 뭐 어떠랴. 갱년기도 다가오는데(혹은 왔거나) 가끔씩 일탈이 필요한 나이다. 아이돌 덕질은 10대들만 하는 거라고? 아이돌이 뭐 어때서. 고단한 하루 끝에 이렇게나 큰 휴식이 되어주는데. 메마른 일상 속에 오아시스 같은 이런 덕질 하나쯤 있는 것도 꽤 행복한 삶이다. 누군가에겐 덕질이 그야말로 '숨구멍' 같은 거니까.

그러니까 지금부터 내가 늘어놓는 이야기는 '마흔 넘어 아이돌에 빠진 워킹맘의 은밀한 덕질생활'에 관한 것이다. 나도 내가 이 나이에 왜 하루 종일 검색창에 '강다니엘' '워너원'을 치고 있는지 모르겠다. 글로 정리하다 보면, 어쩌면 지금껏 모르던 '나'와 대면하게 될 수도 있을 것도 같다.

어쨌든 중요한 사실은, 요즘 내가 하루 한 번은 웃을 일이 생겼다는 것. 강다니엘 때문에.

사는 낙이 생겼다. 그걸로 충분하다.

Contents

02 못참겠다_덕밍아웃

03 기왕이면_어덕행덕

01

난데없이_덕통사고

014

우리 아들이 강다니엘 닮았으면 좋겠다!

¶

"선배, 강다니엘이 실검 1위네요."

회사 단톡방. '강다니엘'이란 이름이 처음 등장했다.

강다니엘? 포털 실시간 검색어에 민감한 부서 소속이다 보니 잽싸게 노트북 자판에 '강다니엘' 단어를 두들겼다. 타다다다다다닥. 분홍머리가 눈에 확 들어온다.

"프로듀스 101 참가자네."

"부정행위 했나 봐요."

원체 호기심이 많은 나. 관련 검색에 들어간다. 디지털 세상에 누리꾼 수사대가 많은 이유는 아마 나 같은 사람들이 많아서일 것이다. 무슨 궁금증이 그리 많을까. 그냥 다른 이들의 삶이, 다른 이들의 생각이 궁금한 것일 수도 있다. 잠시 후 단톡방에 뜨는 강다니엘 사진. 다른 후배가 대화에 끼어든다.

"귀엽게 생기기는 했네."

또 다른 후배도 단톡방 참전.

"그 윙크하던 애(박지훈)가 뜨는 것 같던데….

"외국에서 살다 왔나?"

"그러게요."

"'분홍머리 개'랴, 분홍머리가 튀기는 하네."

이 와중에 상황 파악 못하는 남자 선배가 끼어든다.

"〈하이킥〉(시트콤 〈지붕 뚫고 하이킥〉)에서 죽은 그 안경 낀 남자?"

일순간 단톡방에 짧은 침묵이 흐른다.

"걔는 최다니엘이고요~"

남자 후배도 타닥타닥 자판을 친다.

"다니엘 헤니까지는 아는데…."

'남자들은 가랏!'이라고 쓰려다 포기한다. 강다니엘 관련 몇몇 기사를 공유한 뒤 대화는 중단되었다. '○○○ 검찰 출두' 속보가 떴다. 다시 정상적인 업무 복귀.

하지만 나의 손가락은 멈추지 않는다. 괜히 '호기심 끝판왕'이겠는가. 모르는 것이 생기면 반드시 끝을 봐야 한다. 그래서 "도대체 넌 궁금한 게 왜 그리 많냐"라는 핀잔이 날아오기도 하지만 나는 참 꿋꿋하다.

어린 시절부터 궁금한 건 절대 못 참는 성격이었다. 아주 사소한 것도 곧바로 문제를 해결해야 한다. 옛날 같으면 브리태니커 백과사전을 펼쳐보거나 도서관을 찾아가 관련 서적을 뒤져봤겠으나 요즘은 '자판'이라는 최고의 무기가 있다. 앉아서 모든 호기심이 해결된다. 어떻게 찾느냐의 문제일 뿐, 두들기면 정보는 다 나온다. 그저 정보의 부스러기를 쫓고 쫓으면 된다. 뉴스와 블로그 등을 통해 단시간에 폭풍 수집한 강다니엘 정보는 이랬다.

부산 영도 출신 토박이
나이는 22세
MMO 소속 연습생 2년차
분홍머리
고양이 두 마리 키우는 집사
고교 때 현대무용을 배운 비보이

팬 투표로 공연 곡이 선정되는 미션에서 부정행위가 발견된 듯하다. 개인 인스타그램에 고양이 '네 마리'를 노출한 게 문제다. '네 번째' 곡을 암시한 것 아니냐는 추측이 돈다. 일명 '국민프로듀서(국프)'의 픽을 받으려면 공개된 무대에서 완성된 실력을 뽐내야 하니 자기에게 맞는 곡 선정이 중요한데 욕심이 과했다. 그만큼 간절했다는 뜻이다.

부정행위가 의심되자 엠넷(Mnet)은 '페널티를 줄 것'이라며 공식 보도자료까지 냈다. 경쟁은 공평해야 하니 당연한 수순이다. 퇴출은 면했으니까 기회는 계속 있을 터다. 그래도 '원 스트라이크', 빨간 불 하나는 들어왔다. 조심은 해야 한다. 규칙 위반에 안티도 분명 생겼을 것이다.

현역 아이돌도 아니고 그저 연습생일 뿐인데 실시간 검색어 상위권에 올라 있다. 꽤 신선하다. 프로그램 인기가 많은데 나만 몰랐던 걸까. 시청률 추이를 살펴보니 딱히 높지는 않다. 마니아 층이 두터운 것 같다. 아무래도 팬덤은 남자보다 여자가 강하니까 여자 아이돌 그룹을 만들었던 〈프로듀스 시즌 1〉 때보다 화제성을 더 이끌어내는 듯하다.
구글링은 계속 이어진다. 이런저런 잡다한 정보들이 쏟아진다. 이번 동영상은 정말 귀엽다. 강다니엘이 고양이 귀를 깨문 뒤 배시시 웃는다. 너무 짧은 영상이라서 여러 번 클릭을 한다. 단톡방에 공유하니 "귀엽다"는 반응이 쏟아진다. 대형견처럼 생겨서 고양이를 좋아한다니 의외다.

그리고 이 녀석, 웃는 게 꽤 자연스럽다. 단독샷을 많이 받기 위해 방송 카메라 앞에서만 짓는 억지웃음이 아니다. 그냥 평소 몸에 밴 자연스러운 웃음이다. 눈은 감기고 입은 함지박만 해진다. 카카오 프렌즈의 아기 어피치를 닮았다는 평이 나오는데, 단순히 분홍 머리색 때문만은 아닌 것 같다. 언뜻 보면 아이돌처럼 생기지 않았는데 다시 보면 천생 아이돌 같다.

'웃는 게 참 예쁘네.'

그걸로 합격. '넌 데뷔해라'라고 눈도장을 콱 찍는다. 순정만화 속 주인공 같은 '꽃미남과'가 아닌 것도 덜 부담스럽다. '만찢남'은 너무 비현실적이다. 천상계에 있어 결코 '내 것'이 될 수 없고 '내 것'을 해도 안될 것 같다. 인간적으로 보여야 곁을 내줄 마음도 생긴다.

담당 일과 별개의 검색이 끝 모르게 이어진다. 몹쓸 호기심이다. 디지털 세상은 굳이 알지 않아도 될 것들을 알게 만든다. 몰라도 될 텐데 모르면 뒤처지는 것 같아 조바심이 난다. '아는 게 힘'이라는 논리는 디지털 세상에서 엉뚱하게 진화한다. 나조차도 나를 못 말리고 클릭, 클릭,

계속 클릭이다.
프로그램 초반 자기소개 때 영화 〈해리포터〉의 마법사로 변신한 모습에 흐뭇해하고, 2인 미션을 하면서 큰 덩치에 “동물이 무섭다”면서 화들짝 놀라는 모습에 웃는다.
검색 횟수가 늘어날수록 참 매력 있는 스물두 살의 청년이다. 잠깐, 내가 요즘 그 나이의 청년을 가까이서 본 적이 있던가? 곰곰이 생각하다가 포기했다. 없다는 결론에 도달해서다. 그래서 더 궁금한 건지도 모르겠다. 20대 초반 남자어른에 대해, 아니 21세기 소년에 대해.

그의 존재를 반나절 전에야 알았지만, 문득 우리 아들이 강다니엘처럼 잘 웃으면 좋겠다는 생각이 든다. 아이돌을 통해 아들의 미래를 그려본다. 물론 노래나 춤에는 재주가 없다. 아이돌을 꿈꿔본 적도 없다.
그래도 우리 아들이 나중에 크면 키 180센티미터에 어깨 넓이가 60센티미터였으면 좋겠다. ‘해피 바이러스’를 품은 건강한 청년이었으면 좋겠다. 11년 후면 그리 멀지도 않았다.

모든 것은 직캠으로부터 시작된다 ¶

몸이 꼭 눈사람이라도 된 것 같다. 움직임이 느려졌다. 아니, 제자리에 앉아 아예 움직이지를 않는다. TV 정지 화면 같다. 기자 생활 17년 만에 현장 부서에서 내근 부서로 옮긴 탓일까. 화장실 가는 것조차 귀찮다.

나는 원래부터 귀차니스트였다. 결혼 전에는 밥 먹는 것이 귀찮아 하루에 한 끼만 먹은 적도 있다. 침대와 한 몸이 된 적은 또 얼마나 많던가. 엄마가 되면서 나의 몸을 내가 아닌 다른 이들을 위해 써야만 했을 때 비로소 귀차니스트에서 일보 전진했다.

직장과 집은 또 다른 공간이다. 노트북 주위를 제외하고는 책상 앞이 어지러운 것을 보니 여전히 귀차니즘 끝판왕이다. 요즘 들어 둘째가 자꾸 "엄마는 잠만보야"라고 하는 게 수긍은 간다. 포켓몬스터 캐릭터인 잠만보는 뚱뚱하고 행동도 둔하게 생겼다. 딸이 말한 '잠만보'에는 '잠이 많다'와 '뚱뚱하다'의 이중, 삼중 의미가 있다.

나는 '고라파덕'이 좋은데… 내 일상이 '골아파(고라파)'서. 전자파 때문인지, 만성 스트레스 때문인지 두통약을 달고 산다. 머리에 보톡스를 맞기도 했다. 보톡스는 편두통 치료제로도 쓰인다.

'그래, 난 잠만보야.'

점심은 사내 커피숍에서 사온 샌드위치로 대충 때웠다. 사실 점심이 아니라 첫 끼다. 아이들 아침 차려주고, 학교 준비물 챙겨주고 출근하느라 아침을 굶었다. 늘 있는 일이니 내 위장도 이제 그러려니 한다. 아침을 먹으면 오히려 배가 아프기까지 하다. 한동안 역류성 식도염을 앓았는데도 생활 습관은 쉽게 변하지 않는다. 아플 때만 '이제 좀 달라져야지' 속으로 외친다. 그러고 또 아프면 대충 약으로 버틴다. 생활 참 단순하다.

종종 혼자 점심을 먹는다. 출근한 뒤에는 보통 컵라면을 먹거나 근처 커피숍에서 파는 빵을 사다 먹는다. 혼밥은 즐겁다. 휴대폰으로 이것저것 검색하면서 천천히 먹으면 되니까. 상대방 말에 억지로 귀 기울일 필요도 없고, 괜히 어색한 침묵을 깨려 엉뚱한 얘기를 꺼내지 않아도 된다. 그냥 혼자 먹고 혼자 배부르면 된다. 사회인이지만 가끔 반사회인이 되고 싶은 날이 있다. 씨줄날줄로 얽혀 있는 인간관계의 거미줄에서 잠시 도피하는 것이다.

빵을 삼킨 입안에 아이스 아메리카노를 털어 넣는다. '마신다'기보다는 '헹군다'는 표현이 맞다. 아무렇게나 놓여 있는 빌베리 영양제가 보인다. 이것도 먹어야겠다. 온종일 모니터를 보면서 혹사당하는 눈이니 루테인으로나마 보호를 해줘야 한다. 콘택트렌즈를 낀 눈이 갈수록 침침해진다. 라섹 수술을 할까도 싶었지만 곧 노안이 올 것이라는 데 생각이 미쳐 포기했다.

20대 때 공항 대기실에서 만난 어느 외국인 부부가 여러 알의 영양제를 먹는 것을 보고 경악했던 적이 있다. 하지만 지금의 나도 그들과 다르지 않다. 하루에 건강 보조제 6~7알을 삼킨다. 먹어야 사는데 먹는 게 귀찮으니 몸이 망가진다. 한 알 먹으면 배고프지 않은 영양제가 있으면 좋겠다.
점심시간이 끝나려면 아직 50분이나 남았다. 편집국 안에서는 텔레비전 속 뉴스 앵커의 목소리만 울려 퍼진다. 이쪽 벽면을 봐도 저쪽 벽면을 봐도, 똑같은 사람 똑같은 목소리다. 화면 바뀌는 속도가 TV마다 다른 게 조금 기괴해 보인다. 같은 사무실인데 전송 속도가 제각각이다. 세상에 100퍼센트 일치하는 것은 없다. 같은 기계라도 오차는 존재한다.

·

이어폰을 귀에 꽂고 며칠 전부터 관심 있던 동영상을 재생했다. 기사 편집 작업을 할 때는 두 개의 모니터를 사용하는데, 지금은 차마 큰 모니터로는 보지 못하겠다. 오가는 누군가가 볼까 봐 살짝 경계하는 마음도 생긴다. 야동을 보는 것도 아닌데 조금 민망한 감도 없지 않다.
20대라면 당당했을까? 30대라면? 40대는 모든 게 조심스럽다. 15년 넘게 사회생활을 하면서 쌓아온 공든 탑이 한 순간에 무너질 수 있으니, 말도 행동도 책임질 수 있는 것만 한다. 점점 겁도 많아지고, 두려운 것도 늘어난다.

"밤밤밤밤~"

수십 번은 들었을 그 음악이 다시 흘러나온다. 온몸의 촉각이 곤두선다. 지금의 말초신경을 자극하는 감각은 청각이 아닌 시각이다. 멀쑥하게 정장을 차려입은 연습생들의 모습이 눈에 들어온다. 내 얼굴에 미소가 스르르 번진다.

〈프로듀스 101 시즌 2〉 첫 번째 조별 퍼포먼스 무대 영상이다. 슈퍼주니어의 〈쏘리 쏘리〉로 두 팀이 경쟁을 펼쳤고, 내 시선을 빨아들인 것은 플레디스 황민현이 팀원을 구성한 2조다. 물론 맨 처음 동영상을 접했을 때는 이런 사실을 몰랐다. 그저 실시간 검색어로 〈쏘리 쏘리〉 2조가 떠 있어 호기심에 클릭해봤다.

첫 눈길은 옹성우가 사로잡았다. 그는 일단 잘생겼다. 그 잘생김을 과시하는 게 아니라서 더 좋다. 어떤 배우나 아이돌은 너무 잘생긴 '척'을 한다. 잘생긴 건 누구나 알고 있으니 굳이 그렇게 대놓고 으스댈 필요가 없는데도, 온몸으로 그리고 입으로 '나 잘났소' 한다. 문화부 소속으로 자타공인 미남 배우들을 꽤 인터뷰했던 경험상 절반 정도는 그랬다.

잘생긴 옹성우는 순간순간 도화지 같은 얼굴에서 여러 그림을 그려낸다. 익살스러운 표정도, 심각한 표정도 곧바로 연출해낸다. 사람의 얼굴에는 그 사람의 인생이 담긴다고 믿는데, 그는 그렇게 솔직하고 담백한 삶을 살아온 듯하다.

노래 중간의 브레이크 타임. 강다니엘, 옹성우, 김종현이 함께 군무를 춘다. 원조인 슈퍼주니어는 하지 않았던 퍼포먼스 같은데 멋있다(물론 나는 〈쏘리 쏘리〉 원래 뮤비를 본 적은 없다). 양손을 이용해 연속해서 네모 모양을 만들어내며 여러 각을 표현해낸다. '춤알못'이기는 하지만 춤에 절도가 있다는 것쯤은 초등학생도 알 것 같다.

슈퍼주니어가 노래를 부를 때는 양손을 가슴에 모으고 허리를 뒤로 꺾는 동작이나 손으로 양쪽 발을 때리는 동작이 꽤 인상적이었다. 하지만 〈쏘리 쏘리〉 2조의 경우 메인보컬인 개인 연습생 김재환의 고음과 어우러지며 한 단계 더 올라선 노래가 됐다. 청출어람이랄까. 마치 1편보다 나은 속편을 보는 느낌이다. 물론 슈퍼주니어의 〈쏘리 쏘리〉도 꽤 훌륭했다.

'고양이 네 마리 사건' 이후 강다니엘에 대한 강한 호기심이 생겨서 다시 〈쏘리 쏘리〉 2조 영상을 돌려본다. 춤을 진짜 잘 춘다. 개개인의 퍼포먼스만 따로 편집해 보여주는 직캠 영상을 보면 확실히 춤의 퀄리티가 다르다. 몸 마디마디가 노래 선율 위에서 움직인다. 팔다리가 길어 춤선이 더 살아난다. 게다가 표정에는 자신감이 묻어난다. 흡사 '이 구역 춤꾼은 바로 나!'라고 말하는 것 같다.

유튜브만큼 훌륭한 동영상 공급처도 없다. 유튜브 세상에서는 다양한 각도와 시선에서 〈프듀〉 참가 연습생들의 모습을 보여준다. 프로그램 참가 전 연습생들의 과거 모습도 종종 볼 수 있다. 강다니엘의 비보이 시절 모습도, 고교 1학년 때 선보였던 현대무용 모습도 다 유튜브 안에 있다.

아예 〈프듀 2〉 강다니엘 출연분만 편집해서 보여주는 영상도 따로 있다. 분명 팬들이 만들었을 텐데 참 고퀄이다. 꼬리에 꼬리를 물고 이어지는 영상들은 아이돌 세계에 흠뻑 빠져들게 하는 마중물이 된다. 보고 또 보고. 절대 멈출 수 없는 중독이다.

이모나 엄마뻘의 팬들은 '○○맘'이라고 스스로를 칭한다는데 사실 좀 낯간지럽다. 아이 둘 엄마로도 나는 충분하다. 투표는 하겠으나 90년대 유행했던 '다마고치'처럼 내가 그들을 키우는 것은 아니다. 다만 금수저가 아니라면 성공 보장이 거의 없는 현실에서 그들의 꿈을 힘닿는 대로 응원해주고 싶다. 그러니까 강다니엘은 그냥 '최애 연습생' 정도로 해두는 게 좋겠다.

028

직캠 한 번 더 볼까 싶어 마우스로 손이 갈 찰나, 점심을 먹고 부서로 돌아온 막내가 흘끔 쳐다본다.

"응? 선배도 프듀 봐요?"

당황한 내가 슬쩍 미소로 답하자 후배는 다 이해한다는 표정이다.

"선배, 나도 국프야. 하하하하하핫!"

그날 이후 우리는 '국프'의 일상 대화를 주고받는다. 공통 관심사는 우연찮게, 그리고 아주 소소한 것으로부터 발견된다. 열 살 아래의 후배도 아이돌 덕후였던 적은 지금껏 없다고 했다. 처음이라 낯설지만 동행이 있어 즐겁다. 인간은 '공통의 관심사'를 소비하는 집단이니까.

강다니엘의 미소, 강다니엘의 힘 ¶

엠넷 회원가입을 했다. 〈프로듀스 101 시즌 2〉의 투표권이 있는 국민프로듀서가 되려면 필요하다. 처음 11명을 선택하라고 했을 때는 한참이나 고민했다. 내가 아는 연습생은 고작해야 〈쏘리 쏘리〉 2조 조원들 뿐.

초반 화제를 모아 그냥 이름만 아는 김사무엘이나 박지훈, 주학년 등을 넣는다고 해도 11명을 채우기는 버겁다. 잘생기고 끼 있는 청년들이 저마다 간절히 선택받기를 원하고 있다. 첫인상이 괜찮은 몇몇 연습생을 클릭했다. 내친 김에 티빙 연간회원도 됐다. 거실의 TV는 엄마라는 지위에서는 범접하기 힘든 물건이다. 아이들 아니면 남편의 전유물이다. 어릴 적에는 모두 내 것 같았는데 지금은 모두 남의 것만 같다. 본방사수를 하려 해도 침대에 누워 아이들을 재우다 보면 나도 모르게 잠이 온다.
20세기에는 본방을 놓치면 재방을 기다려야 했지만 요즘은 VOD가 있다. 회당 1,500원만 내면 언제든 볼 수 있다. 장소에 상관없이 여러 번 돌려볼 수도 있으니 얼마나 좋은가.
그래도 좁디좁은 화면으로 VOD를 보다 보면 서글프기는 하다. 워킹맘의 세상도 휴대폰 화면 크기만큼이나 좁다. '집→회사→집'으로의 여정이 반복된다. '회사 퇴근하면 집으로 다시 출근'이라는 말에 격하게 공감한다.
혼자 집에 있으면서도 TV가 아닌 휴대폰으로 방송을 보고 있노라면 문득 '나 스스로 작은 세상을 만들고 있구나' 싶다. 작아진 세상만큼 생각의 크기도, 관심의 크기도 줄어든다.

강다니엘만큼은 예외다. 강다니엘은 그러니까, 보던 것만 보던 세상에서의 '일탈'이다. 안 보던 세상을 보게 만든다.
회사 단톡방에 뜬금없이 '강다니엘!' 혹은 '강다넬!' 하고

톡을 날리니 회사 동료들도 눈치를 챘다. 다행히 한 후배도 팬이어서 둘이 합심해 강다니엘 짤을 주고받는다. 〈프듀〉에 관심 없는 한 후배가 "선배 때문에 막 강다니엘에 빠지려고 해요"라고 할 정도니 조금 심하긴 했나 보다. 남자 동료들은 "얘가 도대체 뭐가 좋다는 거야?"라며 딴죽을 건다. 난 그저 "웃는 게 예쁘잖아요!"라면서 한 번 더 강다니엘 짤을 날려준다.

"중증이야…."

선배의 장난스러운 반응에 이번엔 또 다른 짤을 올린다.

문화부 소속 때 방송 담당도 잠깐 했던 터라 리얼리티 프로그램의 '편집술'은 익히 잘 안다. PD의 호불호에 따라 리얼리티 프로그램 출연자들은 천하의 몹쓸 놈이 되기도 하고, 국민 누구에게나 사랑받는 호감형 캐릭터가 되기도 한다.

리얼리티 프로그램은 사실 리얼리티라는 가면을 쓴 '쇼'다. 몇몇 연예인들은 그런 점을 교묘하게 이용한다. 철저히 자신을 캐릭터화해서 프로그램 안에서조차 '연기'를 한다. 그 캐릭터가 담당 피디의 지향점과 잘 맞아 떨어지면 방송이 의도한 바대로 시청자들에게 노출된다. 일상의 모습이라고 해도 연출된 모습인 경우가 허다하다. 가장 객관적이라는 다큐멘터리도 촬영자의 주관이 가장 많이 개입되는 생산물인데 리얼리티 프로그램은 오죽할까. 시청률이 오르면 오를수록 리얼리티 뒤에 숨어 '가면 놀이'는 계속 된다.

하물며 가수 데뷔를 꿈꾸는, 101명의 연습생이 나오는 리얼리티 프로그램이다. 카메라 감독의 눈에 들기 위해 튀어야만 하고 이슈를 만들어내야만 한다. 재능이 많더라도 최초의 시청자일 수 있는 카메라 감독이 화면에 담아주지 않으면 끝이다. 한순간의 실수가 평생의 주홍글씨로 남기도 한다. 말과 행동의 실수 하나하나 조심해야만 한다.

강다니엘은 그런 면에서 행운아다. 첫 회부터 소속사 엠엠오(MMO) 멤버 중 가장 만형인 윤지성의 솔직담백한 입담이 카메라에 많이 잡혔다. 덩달아 함께 있던 강다니엘도 화면 노출 빈도수가 많아졌다. 게다가 머리까지 분홍색이니 아주 튄다. "쟤는 누구지?"라고 한 번쯤 더 눈길을 줄 여지가 있다.

그의 가장 큰 매력은 역시 웃음이다. '웃음 장벽'이 아주 낮다. 조그만 일에도 생글생글 웃음을 터뜨린다. 총성만 없는 전쟁터에서 감정적으로 많이 힘들 텐데도 참 잘 웃는다. 2년여 동안 연습생 생활을 하고 소속사가 사라지는 경험을 하면서 내상도 많이 입었을 텐데, 일상의 고단함이 거의 없는 건강한 웃음이다. 보면 볼수록 빠져드는 늪 같은 매력이 있다. 탄탄한 피지컬을 자랑하는 뽀얀 피부의 청년이 웃을 때는 아기 어피치같이 천진난만하니 안 반할 수가 없다.

웃기만 잘한다고 그에게 빠졌을 리 없다. 이 녀석, 춤을 너무 잘 춘다. 비보잉과 현대무용을 해서 그런지 손가락 하나하나, 마디마디 신경 쓰면서 춤을 추는 게 몸치인 내 눈에도 보인다. 손끝에서조차 감정이 전달된다. 세밀함이 살아 있다. 방글방글 웃던 아이가 무대 위에서는 춤과 노래에만 초집중하니 이 또한 반전이다. 뭔가 낮에 다르고 밤에 다른, 그런 느낌이랄까. 요즘 말로 '갭 차이'가 상당하다.

프로그램 전, 목표 등수로 22등을 적었던데 아마 생방송 무대에만 오르면 실력으로 데뷔조에 들 수 있다는 자신감이 있었던 것 같다. 실력 없는 연습생이 자신감과 허세만 가득하다면 거북했을 텐데 강다니엘은 그렇지 않다. "아이돌은 뭐든지 잘해야 한다고 생각한다"는 그의 말처럼 춤뿐만 아니라 랩과 노래 실력도 받쳐준다. 랩 포지션인데 중저음의 목소리에서 평균 이상의 노래를 뽑아낸다. 자존감도, 자신감도 강하다.

까면 깔수록 양파 같은 '분홍머리 개'에게 빠져들어 틈만 나면 투표를 하고 있다. 엠넷에서도, 티몬에서도 한다. 건강한 웃음과 긍정적 사고를 가진 그의 꿈에 한 표를 행사한다. 큰 노력이 드는 것도 아니고, 그저 내 시간만 잠깐 투자하면 되는 일이다.

그렇다고 꼭 강다니엘에게만 투표한 것은 아니다. 그의 센터 여부는 사실 그다지 중요하지 않다. 1등을 하면 정말 좋겠지만 굳이 안 해도 된다. 일단 11명 안에 뽑히기만 하면 된다. 내 입장에서 중요한 것은 〈프듀〉를 통해 데뷔할 아이돌 그룹의 성공 여부다. 〈프듀 시즌 1〉이 배출한 아이오아이(IOI)처럼 데뷔 후 흐지부지돼서는 안 된다. 데뷔 그 이후를 생각해야만 한다. 특정층만 좋아하는 아이돌은 생명력이 길지 못하다.

그래서 강다니엘과 더불어 나는 김재환에게 투표했다. 그는 확실한 메인보컬 감이다. 아이돌 그룹에 김재환만 한 보컬이 있다면 발라드부터 댄스곡까지 전부 소화가 가능할 것이다. 아이돌 그룹의 품격도 그만큼 높아진다. 엄마여서 그럴까. 아이가 사회에 나갔을 때 그가 속한 집단은 어떤 외부환경에도 흔들리지 않고 단단했으면 좋겠다.

방송이 진행되면서 속속 눈에 띄는 연습생들이 나타난다. 점점 11명을 추릴 수 있게도 됐다. 101명일 때보다 60명이 됐을 때 더 잘 구분이 되는 면도 있다. "한 번만 더 무대에 서고 싶다"고 울먹이는 연습생들을 보면 나 또한 감정이입이 된다.

프로그램 속 현실도 프로그램 밖처럼 살벌하고 냉엄하다. 남을 넘어서지 못하면 탈락의 길밖에 없다. 그나마 현실과는 달리 실력이 뛰어나면 '국프'가 응답해준다. 외모가 투표에 많은 영향을 끼치는 것 같지만 딱히 그렇지도 않다. 잘생긴 애들도 초반에 많이 탈락했다.

나 역시 젊은 시절, 소위 언론고시 합격을 기다리며 "한 번만, 제발 한 번만"을 부르짖고는 했다. 특정 종교를 믿지는 않지만 그때는 세상의 모든 신들을 소환해냈다. 교회 십자가가 보이면 '저 붙겠죠?' 하고 묻고, 절을 지나치면서는 합장을 하며 '붙게 해주세요'라고 빌었다. 미신까지 동원했다. 응시번호 309번이 우연찮게도 내가 사는 아파트 309동과 똑같아 '내가 붙는다는 의미일 것'이라는 밑도 끝도 없는 결론을 냈다.

내 주변의 모든 것들을 합격과 연결시켰다. 신들이 내 간절함에 응답했는지 비교적 난 빨리 기자의 길로 들어설 수 있었다.

아마 연습생들도 비슷한 심정일 거다. 가능한 모든 신들을 동원해 기도하면서 투표받기를 원할 것이다. 선택받지 못하면 버림받는 서바이벌에서 몸부림치며 말이다. 여러 힘든 과정을 겪고 탄생하는 아이돌 그룹이니 진짜 성공했으면 좋겠다. 선택받지 못한 90명의 몫까지도 그들이 해내야 하니까.

하루에 손가락만 몇 번 움직이면 되는 투표에 그들의 꿈이 달려 있다 생각하니 왠지 미안해진다. 지렁이의 심장은 다섯 개라고 하는데, 짓밟히고 다시 또 밟혀도 지금의 열정을 잊지 말고 마지막 심장이 뛸 때까지 버티길, 그렇게 희망한다.

038

'끝'이라는 이름의 '시작'

¶

〈프로듀스 101 시즌 2〉 몰아보기가 시작됐다. 무엇이든 복습이 중요하다. '숨은 그림 찾기'는 필수. 강다니엘이 언제, 어느 시점에서 화면에 잡히는지 매의 눈으로 찾아봐야 한다. 강다니엘 소속사 MMO가 왜 '말많오'로 불리는지도 자세하게 확인하고 싶다.

1화, 연습생들의 사연이 먼저 소개된다. 그들에게 연습생이란 의미는 무엇일까.

요동치는 파도(정세운, 2년 6개월 차)

버튼 없는 엘리베이터(이지한, 1년 11개월 차)

잡힐 듯 잡히지 않는 신기루(윤지성, 5년 3개월 차)

외줄타기(변현민, 1년 2개월 차)

고독한 시간(장문복, 2년 차)

오르막길(왕민혁, 5년 3개월 차)

셔츠의 첫 단추(이대휘, 2년 4개월 차)

희망의 끈(윤희석, 6개월 차)

해가 떠오르는 새벽(이유진, 6년 1개월 차)

…

101명의 연습생들은 하나같이 '연습생'이라는 꼬리표를 뗄 날을 고대한다. 요동치는 파도에 휩쓸린 배의 난간을 간신히 부여잡고, 아슬아슬한 외줄에서 떨어지지 않기 위해 바동거리며, 잔인한 서바이벌 프로그램에 한 가닥 희망을 건다. SM, YG, JYP 등 대형 기획사 소속 연습생들이 아니어서 더 그런지 모르겠다.
적어도 서바이벌 프로그램은 출발만큼은 공평하다. 대중의 선택 여부는 차후 문제다. 민낯이 드러나면서 잃는 것이 더 많을지도 모르지만 아무것도 하지 않는 것보다는 낫다. 제대로 된 데뷔 기회조차 없던 그들이다. 언제 실현될지 모르는 꿈을 막연히 좇는 것보다 무대 위에서 모험을 걸어보는 식이다.
'준비를 위한 준비'라는 말은 가수 지망생들의 정체성을 설명한다. 국민프로듀서인 시청자들은 그 '준비성'을 보고 투표한다. 적어도 나는 그랬다. 그다음은 연습생들의 노력에 달렸다. 실력이 없는데도 노력하지 않고 게으르거나 상대를 깎아내리는 등의 부정적인 말을 하는 연습생은 외면받게 된다.

드디어 소속사별 연습생들이 소개된다. 판타지오나 플레디스, 스타쉽, FNC 등은 한 번쯤 들어본 기억이 있다. 판타지오에서 실시한 '배우 공개오디션' 때 내가 직접 평가자로 나서기도 했었다. 그때 실물과 화면에 비치는 모습의 차이가 상당히 클 수도 있다는 것을 처음 알았다. 물론 여러 연예인 인터뷰 등을 하면서 감탄과 실망의 경험도 했다. TV, 보이는 대로 믿으면 안 된다. 가식과 솔직은 진짜 종이 한 장 차이다.
우리나라에 이렇게 많은 군소 엔터테인먼트 업체가 있는지는 방송을 통해 처음 알았다. 21세기 들어 폭발적으로 증가한 것 같은데 한 해 데뷔 아이돌 그룹만 50개 이상이라는 사실도 이해가 된다. 역으로 접근하면 데뷔를 하고도 1년 만에 해체되는 그룹들도 그만큼 많다는 얘기일 것이다.

데뷔는 끝이 아니라 새로운 시작점이다. 연습생 때보다 더 치열한, 살벌한 밥그릇 싸움에서 살아남아야만 한다. 기존 아이돌이 쌓은 벽은 단단하고 공고하다. 그래도 그걸 넘어서야만 '미래'가 보장된다.

아이돌 지망생의 첫인상을 좌우하는 것은 역시나 생김새다. 꽃미모라면 아무래도 기억하기 쉽다. 기준은 기존 아이돌이다. 소위 '아이돌 필'이 나는 연습생들이 있다. 소속사도 그런 면을 보고 그들을 처음 발탁했을 것이다. 길거리 캐스팅 기준도 비슷하다. 하지만 기존 아이돌과 너무 비슷하면 오히려 마이너스가 된다. 차별화가 필요하다.

중국 연예기획사인 위에화 엔터테인먼트 소속 연습생들은 외모로만 보면, 왜 지금껏 데뷔를 못하고 있는지 궁금할 정도다. 아이돌 하면 노래 실력보다 외모나 춤이 먼저 떠오르는 것이 편견이기는 하지만 말이다. 구세대로서 노래 잘하는 아이돌 멤버는 대개 평균치 외모만 갖고 있다는 선입견이 있는 것도 사실이다. 아이돌 그룹마다 꼭 '외모 담당'이 한 명 이상 있으니까. 하지만 요즘은 외모, 춤, 노래 모두 수준급 이상의 아이돌이 넘쳐난다. 트레이닝 기간이 그만큼 길기 때문일 것이다.

드디어 MMO 연습생들이 등장했다. 분홍머리 강다니엘이 적어낸 예상 등수는 22등. 안타깝게도 소속사 공연 모습은 방송되지 않았다. 그다지 큰 임팩트가 없었던 듯하다. 대신 카메라에 많이 잡히기는 한다. 각 소속사별 연습생이 등장할 때마다 저마다 촌평을 남긴다.

말이 진짜 많기는 하다. 다섯 명이 쉴 새 없이 떠든다. '아무말대잔치'의 향연이다. 이 와중에 강다니엘은 역시나 하얀 이를 드러내면서 잘 웃는다. 청재킷 한쪽 팔 부분을 잘라낸 것은 일부러 그런 것 같다. 녀석, 패션 센스까지 있다.

붕어빵처럼 생긴 젤리피쉬 로고가 등장하자 장내가 술렁인다. 〈프듀 시즌 1〉 때 화제가 됐던 김세정이 속한 소속사라고 한다. 그 방송을 한 번도 본 적 없는 난 김세정에 대해 잘 모른다. 남자 기자들이 하도 "김세정" "김세정" 하고 떠들기에 이름만 들어봤다. 강다니엘이 이때 툭 한마디를 던진다. "갓세정, 나도 갓다니엘이 되고 싶은데. 하하하"

그는 여전히 웃는다. 내 입가에도 스르르 엄마미소가 번진다. 아암, '갓다니엘'이 되어야지. 반드시 데뷔를 시켜주겠다고 다시 한 번 다짐한다. 그의 웃음을 오래도록 보고 싶다.

잠깐, 오늘 투표를 했던가. VOD를 보다가 휴대폰을 주섬주섬 찾는다. 휴대폰이 없다면 난 어찌 살까. 휴대폰이 나를 묶어놓은 건지, 내가 휴대폰을 묶은 것인지 요즘은 도통 모르겠다.

잡힐 듯 말 듯하다. 고개를 최대한 숙이고 눈을 치켜떴지만, 흰 머리인지 검은 머리인지 통 모르겠다. 에라, 모르겠다 하며 머리카락 한 가닥을 핀셋으로 톡 잡아당겼다. 검은색이다. 한 가닥이 아쉬운 판에 아깝다.

"뭐해?"

남편이다. 화장실에서 한참 안 나오니 궁금했나 보다.

"또, 또, 휴대폰 하지?"

이번엔 아니다.

"흰머리 뽑아."

입에는 칫솔을 문 채로, 듬성듬성 난 흰머리와 거울 앞에서 각개전투를 벌이고 있다. 한 가닥 한 가닥, 모조리 뽑아낸 것 같은데 헤집어 보면 또 있다. 흰머리는 검은머리에 비해 올곧게 뻗어 있다. 너무나 당당한 자태다. 검은머리는 축 늘어져 있다. 머리가 다 하얗게 새면 뾰족뾰족 하얀 고슴도치가 돼 있을 것만 같다.

"그만 뽑으라니까."

일찌감치 염색의 길로 들어선 남편이 또 잔소리다. 나보다 한 살이 적은데도 남편의 머리는 나날이 하얘져간다. 남편도 한동안은 잡초 뽑듯 집게로 한 올 한 올 뽑아내다가 몇 달 전부터 포기했다.

"그러다 너 진짜 대머리 된다!"

화장실 문밖에서 남편이 뼈 있는 농담을 던진다. 나도 그게 걱정이다. 20대 때만 해도 머리숱이 너무 많아 감당이 안 됐다. 미용실을 가면 늘 숱을 쳐내곤 했다. 하지만 요즘은 단골 미용실 헤어디자이너가 걱정할 정도로 숱이 줄었다.

그래도 눈에 거슬리는 흰머리를 그대로 둘 수는 없다. 집요하게 머리카락을 헤집고 또 헤집는다. 하얀 세면대 위에 길고 짧은 머리카락들이 점점 쌓여간다.

어렸을 적에는 항상 숏커트였다. 네 살 때 사진을 봐도, 열 살 때 사진을 봐도 한결같이 머리가 짧다. 엄마는 둘째 딸의 머리를 땋거나 묶어줄 만큼 한가하지 않았다. 과수원 일로 늘 바빴다. 그래도 언니는 단발머리 정도는 했던 것 같은데 나는 처음부터 끝까지 숏커트였다. 셋째는 아들을 바랐기 때문에 아들처럼 키웠을까 하는 의심도 든다. 우리 오빠는 2대 독자다.
나는 치마 입는 것도 그다지 좋아하지 않았다. 숏커트에는 치마가 어울리지 않는다. 긴 생머리를 한 친구를 딱히 부러워한 기억도 없다. 여자들은 잘 알겠지만 솔직히 긴 머리는 관리도 힘들다. 어릴 적부터 난 귀차니스트였던 것이다.
솜씨 좋게 머리를 묶거나 땋는 법을 배운 적이 없으니 우리 딸 머리 손질도 어렵다. 아침마다 그냥 끈 하나로 머리를 질끈 묶어준다. '아이 머리 묶어주기' 같은 동영상을 보면 나도 할 수 있을 것 같은데, 막상 실전에서는 아이 머리를 이리저리 잡아당기며 그저 혹사시킨다. 딸애가 "아파"라는 말을 몇 번 한 뒤로는 포기했다.
그나마 변화를 주겠다고 머리띠 여러 개를 사주긴 했는

데 딸은 오로지 하나만 하고 다닌다. 늘 사막여우(남들은 토끼나 곰이라고 착각하는) 머리띠만 하고 등교를 한다. 딸의 별명은 어느새 '사막여우 머리띠 여자애'가 됐다.

30대 때만 해도 내 머리 위에 이토록 빨리 하얀 서리가 내릴 줄은 상상도 못했다. 여섯 살 터울인 오빠가 40대 초반에 벌써 다 머리가 하얘졌을 때도, 대학교 남자 후배가 30대 중반에 옆머리에 하얀 물감을 덧칠한 듯 변했을 때도 설마 내가 저렇게 될까 싶었다.

하지만 30대 후반이 넘어가면서부터 흰머리가 새싹 돋듯 하나둘씩 급속도로 올라오기 시작했다. 한 가닥을 뽑으면 그 자리에 두 가닥이 난다는 통설은 개의치 않는다. 내 눈에 띄는 저 흰 머리칼이 아주, 너무, 몹시 신경 쓰일 뿐이다.
온몸을 비틀며 전방 45도 각도의 흰머리를 잡아당기려 할 찰나, 휴대폰이 세면대 위에서 미끄러졌다. 휴대폰으로 〈프듀 시즌 2〉 VOD를 보던 참이었다. 온 신경이 머리카락에 쏠려 있으니 본다기보다는 듣고 있었다는 말이 정확하다.

오늘은 7화다. 6화에 이어 댄스 포지션 평가 무대가 계속 된다. 내 관심은 물론 강다니엘이 속한 〈겟 어글리〉 조다. '어벤저스'를 넘어 '가디언즈 오브 갤럭시'라고 불린다. 제대로 무대 위에서 놀 줄 아는 춤꾼들만 모아 놨다. 입을 헹군 뒤 흰머리 뽑기에 온 신경을 집중하며 휴대폰으로 계속 곁눈질을 주는데, 강다니엘의 입술이 내 흰 머리카락보다 더 신경 쓰인다.

'너 쥐 잡아먹었니?'

입술이 빨개도 너무 빨갛다. 균질하게 발리지도 않았다. 입술 한쪽에 빨간 물이 도드라져 있다. 얼굴이 하얘서 더 강조된다.

드디어 춤을 추기 시작한다. 어느새 흰머리는 잊었다. 변기 뚜껑을 닫고 그 위에 걸터앉는다. 머리는 폭탄을 맞은 듯 잔뜩 헝클어진 채다. 〈겟 어글리〉 음악은 처음 듣는다. 어차피 '막귀'다. 언뜻 가사를 해석하니 꽤 야하다. 반복적으로 '넌 내게 너무 섹시해'라고 말한다.

하긴 노래보다는 춤 때문에 보니까 가사 따위는 상관없다. 가운데 가르마를 했던 〈쏘리 쏘리〉 때보다 강다니엘의 머리 모양이 더 맘에 든다. 영화 〈나 홀로 집에〉 케빈이 생각난다. 머리색도 그새 바뀌었다.
도입부에 비보잉 동작을 하면서 잠깐 드러내는 복근. '난 남자다!'라고 시위하는 듯하다. 그동안의 '귀엽다'라는 인상을 한방에 지운다. 영화 〈가디언즈 오브 갤럭시〉를 보지는 못했지만 어떤 의미인지는 알 것 같다. 역동적이고 현란한 몸짓에서 젊음이 그대로 발산된다. 21세기 소년들은 숨이 멎을 듯한 에너지를 내뿜으며 "오늘 밤 주인공은 바로 나!"라고 도장을 찍는다. 그래, 너희들이 주인공이다.

'X세대'. 사람들은 20세기 말을 살아가던 우리를 그렇게 불렀다. 색이 들어간 안경을 끼고 통이 긴 바지를 입었으며 '청-청 패션'도 거뜬히 소화했다. 군대에서 신는 워커 모양의 신발을 신고 다니고, 유치원생이 아닌데도 멜빵을 메고 다녔다. 한 남자 선배는 가수 김원준을 따라한다며 치마를 입기도 했다. 삐삐를 거쳐 휴대전화가 대중화되기 시작하면서 신문물의 혜택을 맨 먼저 받은 세대이기도 하다. 플로피디스크를 사용하기는 했지만 리포트도 컴퓨터로 작성해 제출했다. 아날로그 시대가 디지털 시대로 넘어가는 중심에 X세대가 있었다.
20세기를 관통해 21세기로 넘어오며 내 머리카락도 길어졌다. 소녀에서 숙녀로의 변화였다. 카세트테이프에서 흘러나오는 음악을 워크맨으로 들으며 거리를 걸을 땐 왜 그렇게 젠체했는지….
디지털 시대에 더 나은 음질의 노래를 들으면서도 가끔은 지지직거리던 카세트테이프가 그리운 건 내가 20세기 소녀이기 때문일 것이다. 추억은 몸속에 새겨져 있다 엉뚱한 곳에서 그리움을 만들어낸다.

〈겟 어글리〉를 추고 있는 21세기 소년들의 '청-청 패션'은 마치 20세기를 보는 듯하다. 그래, 춤은 아주 완벽하다. 옹성우의 표정은 오늘도 살아 있다. 댄스 포지션 순위가 막 발표되고 있을 때 아들이 화장실 문틈 사이로 얼굴을 빼꼼히 내민다.

"엄마, 뭐해?"

얼추 보니 화장실에서만 30분 넘게 있었다. 학교 과제물에 쓰인 아들의 최근 걱정은 '엄마 아빠의 흰머리가 점점 많아지는 것'이었다. 세면대 위에는 아직 배수구로 흘려 보내지 않은 흰머리들이 듬성듬성 떨어져 있다.
거울 속의 나 또한 늙어가고 있다. '늙다'라는 단어에서 모음 하나 바꾸면 '낡다'가 된다. 늙는다는 것이 낡은 것이 된다는 의미는 아니기를, 청춘의 에너지가 고갈돼 가는 의미는 아니기를 바란다.
오늘, 나의 머리카락은 스무 가닥이나 줄었다. 딱 그만큼 내 젊은 기운도 빠져나간 것 같다.

가끔은 '19호실'에 숨고 싶다 ¶

멀리 아파트촌이 보인다. 12년 전 처음 이곳에 둥지를 틀었을 땐, 내가 사는 아파트 단지만 덩그러니 있었다. 도로 정비도 채 되지 않아 길이 꼬불꼬불했다.

하지만 지금은 앞, 뒤, 옆으로 전부 아파트 단지다. 아파트가 많아졌다는 사실은, 인근 교통 체증도 그만큼 늘었다는 뜻이다. 차나 버스, 지하철에 갇혀 있는 시간도 길어졌다.

오늘도 나는 한 시간 이상 회사와 집을 연결해주는 '이동수단'에 옴짝달싹 앉아 있다. 버스나 지하철에 타면 자연스럽게 휴대폰을 만지작거리며 시간을 때울 수 있지만 내 차에서는 그렇지 못하다.

신호등에 걸렸을 때나 잠깐 딴짓이 가능할 뿐. 라디오에서 흘러나오는 음악을 들으면서 이런저런 생각에 빠져든다. 12년 사이 우리 가족은 둘에서 넷이 됐다. 아이들이 자라듯 도시도 그만큼 커졌다.

흘끔 내 차 안을 둘러본다. 어지럽다. 뒷좌석에는 아이들이 흘린 과자 부스러기가 여기저기 떨어져 있고, 보조석엔 기사 관련 자료가 아무렇게나 자리를 차지하고 있다. 필요 없어진 자료인데 미처 치우지를 못했다. '내부 세차 한 번 해야 하는데'라는 생각만 수십 번째다.

차 안에서 나의 오른발은 늘 맨발이다. 운전할 때 나는 액셀과 브레이크를 밟는 오른쪽 신발을 벗는다. 운전용 슬리퍼를 따로 마련할 수도 있지만, 차 엔진 소리를 맨발로 느끼는 게 좋아서다.

마치 차의 숨소리가 발끝으로 전해지는 것 같은 '찌릿찌릿함'이 있다. 차에서 내릴 때 신발을 다시 신어야 하는 번거로움이 있긴 해도 맨발의 상태가 편하다. 이 습관을 당분간은 고치지 못할 것 같다.

아파트 지하 주차장. 보조석 앞에 던져놓은 오른쪽 신발을 주섬주섬 꺼내 신으면서도 나는 곧바로 차에서 내리지 않는다.

아파트 주차장 안에서 나의 차는 마치 도리스 레싱의 단편소설 『19호실로 가다』에 나오는 '19호실' 같다. 온전히 나 혼자만 머무는, 오롯이 나 혼자만의 시간을 즐길 수 있는 자유의 공간.

하루 24시간 중 단 10분만이라도 타인에게 방해받지 않는 시간이 워킹맘에게는 절실하다. 집에서는 아이들에게, 회사에서는 업무에 계속 치이기만 하는 게 워킹맘이다. 점심시간에 홀로 하는 식사가 오히려 좋아지는 것도 그 때문일 것이다.

나사를 계속 조이기만 하면 닳아 없어지지 않겠는가. 그 사실을 인지하지 못하는 우리는 점점 마모되어 가고 있다. 가끔씩 풀어줘야 나사도 나사다운 구실을 할 수 있다. 화장실 안에 오래 머무는 것도 같은 이유다.

회사든 집이든 화장실만 한 곳이 없다. 볼 일 보는 자세 그대로 5분이든 10분이든 앉아 있다. 냄새? 그런 것 따위 신경 쓰지 않는다. 휴대폰으로 쇼핑도 하고, 동영상도 보고, 동생과 카톡도 주고받는다. 휴대폰이 없던 때는 아마 책을 읽었을 것이다. 요즘은 비데가 설치돼 엉덩이는 따뜻하니까 금상첨화다.

수습기자 때는 전날 마신 술 때문에 숙취로 괴로울 때마다 화장실에 신문지를 펼쳐놓고 잠을 자기도 했다. 5분 정도 변기를 베개 삼아 누워 있으면 그렇게 편할 수 없었다. "화장실 다녀왔다"는 말에 선배들도 다른 말이 없었다.

집에서도 화장실은 해방구가 된다. 함께 사는 시부모님에게서, '엄마 찾기 병'에 걸린 아이들에게서 잠시나마 벗어날 수 있다. 어떤 날은 30분 가까이 화장실에 앉아 있던 때도 있다. 남편은 이런 내가 못마땅해 가끔씩 밖에서 화장실 불을 꺼버리기도 한다. "그러니까 변비에 걸리지"라며 타박도 한다. 그래도 화장실은 못 끊겠다.

차도 화장실과 비슷한 역할을 한다. 화장실이 공동 공간인 반면, 차는 개인 공간이라는 게 다를 뿐이다. '내 차'라는 어감은 그래서 좋다. 예전엔 주로 미처 다 보지 못한 드라마를 차 안에서 봤었다.

최근 강다니엘에 꽂혀 있는 나는 유튜브 등을 검색해 관련 동영상을 찾아본다. 강다니엘이 속했던 〈쏘리 쏘리〉 2조 공연 영상을 맨 처음 반복해서 본 것도 차 안이었다. 늘 그랬듯 손끝부터 얼굴 표정까지 하나하나 살핀다. 180센티라는 큰 키에 동작 하나하나의 표현력이 참 좋다. 몸이 뻣뻣할 것 같은데도 유연하다. 물론 분홍머리를 5 대 5로 가르마 탄 것은 잘못된 선택 같지만 말이다.

'도대체 왜 강다니엘에게 투표하지 않은 거야!'

강다니엘은 〈쏘리 쏘리〉 2조 공연 때 제일 적은 현장 투표수를 기록했다. 놀란 표정으로 애써 담담하게 결과를 받아들이는 그의 모습이 참 처연하다. 기대를 많이 했던 것 같은데 그의 노력은 응답받지 못했다.

나 또한 일주일 혹은 한 달 넘게 준비한 기사가 독자들의 호응을 이끌어내지 못했을 때 좌절한다. 소수의 몇 명이라도 인정해주면 고맙다고 생각하다가도 나의 노력이 대중의 공감을 얻지 못했다는 생각에 한없이 맥이 빠진다. 강다니엘도 그렇지 않았을까. 진정한 노력은 배신하지 않는다고 하지만 가끔 배신당하는 노력도 있다.

10분 넘게 차 안에서 동영상을 보고 있는데 갑자기 누군가 내 차 보닛을 꽝 하고 두들긴다. 고개를 들어 보니 때마침 퇴근하고 돌아온 남편이 떡하니 서 있다.

"이 아줌마야, 안 나오니!"

나는 가끔 생각한다, 남편이 내 차에 GPS를 달지 않았나 하는. 종종 아파트 주차장에 차를 세워놓고 10~20분 정도 휴대폰에 빠져 혼자 놀고 있을 때면 전화가 걸려온다.

"주차장에 있는 것 다 알거든. 얼른 집으로 튀어 오시지?"

물론 퇴근하면서 문자를 하니 얼추 그때쯤 도착할 것이라는 계산하에 얘기하는 것이겠지만 가끔은 섬뜩하다. 10년 넘게 살게 되니 텔레파시라도 통하는 것일까.

남편의 호통에, 마치 절대 들키지 말아야 할 걸 들킨 기분이 드는 이유는 뭔지. 허겁지겁 재생 중인 영상을 끄고 차 밖으로 뛰쳐나온다.

"차에서 뭐 했는데?"

"응, 기사 체크 좀 했어."

물론 그게 강다니엘 기사지만, 뭐 틀린 말도 아니니까.

또 까먹었다. '내 머릿속의 지우개'다. 중증 건망증이다. 조기 치매는 분명 아닐 것이다. 아니어야만 한다. 조기 치매 증상 사례를 검색해보면 다행히 일부에만 해당된다. 그냥 머릿속 과부하로 잠깐씩 기억 창고 회로에 오류가 나는 것으로 결론을 내린다. 그 오류가 갈수록 잦아진다는 것은 문제다만.

나를 좌절시킨 것은 '엠넷' 홈페이지 패스워드다. 아이디는 기억이 나는데 패스워드는 머리를 쥐어짜도 도통 기억이 안 난다. 음력이나 양력 생일 혹은 기념일 중 하나로 했을 텐데 계속 틀렸다고 나온다. 숫자 셋을 가지고 이리 저리 조합해도 '아이디 또는 비밀번호를 다시 확인

해주세요'라는 문구만 뜬다. 분명 외우기 쉽게 변경했을 텐데 도무지 기억이 안 난다.

다섯 번의 기회 중 이제 한 번만 남았다. 다시 시도. 역시나 틀렸다. 패스워드를 다시 설정하는 귀찮은 과정을 반복해야만 한다. 웬만하면 포기하겠으나 투표가 걸려 있다. 한두 번 겪어본 게 아니라서 자동 로그인 설정을 해 두려 했는데 개인정보 노출 때문에 하지 않고 있었다. 휴대폰을 잃어버릴 수도 있고 누군가 휴대폰을 빌려갈 수도 있으니. 불안의 심리는 야금야금 나이를 먹고 더 기세등등해졌다.

투표는 이제 일상이 됐다. 휴대폰에 아예 알람 설정을 해뒀다. '프듀 투표할 것'. 오후 8시 30분이면 어김없이 드르르르륵 하며 알람 진동이 울린다. 마치 숙제 같다. 일상의 마무리에 투표하기는 딱 좋다.

2년 전부터 매일 먹고 있는 호르몬제를 먹기 직전이기도 하다. 조기 폐경 증세 때문에 먹는 약이다. 일과 육아의 균형을 잡으려 애쓰다 보니 애꿎게 호르몬의 균형이 깨졌다. 충격파는 딱히 없었다. 그저 그렇게 됐다고 흘려보낸다. 매일 같은 시각, 같은 약을 입에 털어 넣어야 하는 게 귀찮을 뿐.
매일 약 먹는 건 귀찮지만 투표는 기쁜 마음으로 한다. 이른 아침 출근 버스 안에서 투표를 하는 날도 있다. 미리 오늘의 할 일을 해치우는 것이다. 엠넷 외에 또 다른 투표처인 티몬에서도 꾹 눌러주면 오늘의 투표 완료. 습관처럼 규칙적으로 뭔가 할 일이 있다는 것은 기분 좋은 일이다.

투표를 모두 마친 오후 8시 50분, 집을 나선다. 둘째 반의 학부모 모임이 있다. 한 달에 한 번 정도 모이는데 워킹맘 사정을 고려해 저녁 식사 뒤 만나기도 한다.
약속 장소는 치킨집. 금요일 밤 '엄마들의 치맥 파티'다. 아이 동반도 가능하다 해서 첫째, 둘째 모두 앞세웠다. 엄마 없는 집에서는 분명 텔레비전만 보거나 할머니 휴대폰으로 몰래 게임을 할 게 분명해 억지로 끌고 나왔다.
아파트 단지 입구에 있는 치킨집은 사람들로 북적인다. 반대쪽 테이블에도 30~40대 여성들만 모여 있는 것을 보니 역시나 반 모임인 듯하다.

워킹맘에게 간혹 있는 반 모임은 학교에서 아이들 생활 모습을 전해 듣기 가장 좋은 시간이다. 평소 학교에서 친하게 지낸다는 아이의 엄마를 만나 인사를 나눌 수 있는 기회도 된다. 만일을 위해서라도 엄마들과 두루 친해둘 필요가 있다. 아이들 사소한 장난에 서로 얼굴 붉힐 일이 생겼을 때 엄마들끼리의 친목은 불화 해결에 큰 도움이 된다.

다행히 다른 아이들도 몇 명 와 있다. 아이들은 금세 친해져 밖으로 몰려나간다. "경찰" "도둑"이라고 하는 걸 보니 마피아게임을 하는 것 같다.

내성적이고 수줍음 많은 첫째는 의자에 앉아 팽이를 만지작거리다가 "나가 놀아" 하는 내 말에 투덜대며 밖으로 뛰쳐나간다. 우리 아들은 자존감은 높은데 자신감은 없다. 상처받기를 두려워한다. 활달했으면 좋겠다는 생각이 많이 든다.

엄마들의 모임은 처음에는 어색한 분위기가 흐른다. 간을 본다고 해야 할까, 서로 조심한다고 해야 할까. 앞서 두세 번 정도 만났더라도 쉽게 입이 떨어지지는 않는다.

같은 학교나 회사 출신이 아닌, 아이를 통해 맺어진 2차적 관계이기 때문이다. 딱히 공적인 관계도 아니고 사적인 관계도 아닌, 규정하기 모호한 관계. 학년이 바뀌면 모임 또한 자연스레 없어지니 제한적이고 일시적인 관계이기도 하다. 그래도 아이를 위해 다른 엄마들에게 좋은 인상을 주고 싶다. 엄마를 통해 아이를 보게 되니까.
어색한 침묵의 공기는 갈릭 치킨과 맥주가 깨뜨려준다. 저녁을 굶어 배가 고프기도 하다. 치킨을 서로 나눠 먹으며 그때서야 아이들에 대한 이야기를 주고받는다. 말썽꾸러기 K는 남자 아이들의 대장으로 학급 분위기를 주도한다. C와 T는 서로 손을 잡고 다닌다. 그것을 D가 질투한다. P는 교실 안에서 누구든 만나면 안는 게 버릇이다. 아이들은 각기 다른 모습으로 자라고 있다.

엄마들의 일상도 공유된다. 전업맘들은 운동을 많이 한다. 회원권이 비싸지 않은 체육관의 정보도 공유한다.

"거기는 1년치 끊으면 싼데 그래도 잘 안 가게 돼."

"○○짐은 샤워 시설이 좀 낡았어."

다이어트는 워킹맘과 전업맘 모두의 공통 주제다. 세월이 선물해주는 것은 진짜 살밖에 없는 것 같다. 단 한 알로 지방분해가 되는 약이 발명된다면 아마 빌 게이츠보다 더 큰돈을 벌 수 있을 텐데.

나도 한때는 운동이란 걸 했다. 첫째 초등학교 입학 즈음해서 잠깐 육아휴직을 했을 때, 근처 체육관에서 86만원을 주고 개인 PT까지 받았다. 15년 전 대학생 때 몸무게로 돌아가는 기적 같은 일도 경험했다. 시간과 노력이 뒷받침됐기에 가능한 일이었다.

다시 직장을 다니면서 몸무게는 제자리로 돌아왔다. 한순간의 꿈이었던 것이다. 얼마 전 장례식장에 갔다가 절을 하는 도중에 바지 단추가 튕겨 날아간 적도 있다. 비극적 순간에 맞이한 희극적 상황에, 나는 웃지도 울지도 못하는 묘한 표정을 지었더랬다.

남편에게 "운동 해야겠다"고 하지만 늘 공허한 말이 된다. "할 시간이 없다"고 하면 "핑계"라는 질타가 돌아온다. 그렇지만 진짜 허락된 시간이 많지 않다. '기적'도 시간이 허락되어야만 찾아온다.

"유진맘은 쉬는 날 뭐해요? 취미 같은 것 있어요?"
취미라는 말을 머릿속에 입력해 구석구석 샅샅이 뒤져 본다.

'내 취미가 뭐지?'
도저히 생각나지 않는다. 주중에는 회사에 얽매여 있고, 주말에도 딱히 나를 위해 뭘 해본 적이 없다. 쇼핑할 시간도 없어 인터넷 쇼핑을 주로 하니까. 게다가 출퇴근에 소요되는 시간만 세 시간이다. 주말에는 아이들과 놀아주기 바쁘다. 결혼 전 즐겨 하던 뮤지컬 보기도 이젠 옛일이 됐다. 오죽하면 영화도 아이들 재우고 난 뒤에 남편과 보러 갈까.

"취미는 딱히 없는 것 같아요."
말하면서도 스스로 작아진다. 내가 우울해할 때마다 같은 워킹맘인 언니는 "네가 좋아하는 일을 한 가지 만들어라" 하고 조언하지만 "알았어"라고 대답만 할 뿐 정작 실행하지는 않는다.
언니처럼 주말마다 학교 도서관에서 책을 읽는다거나, 동생처럼 브런치 카페 빰치는 음식을 만든다든가, 남편처럼 골프 같은 취미가 나에게는 없다.

억지로라도 뭔가를 해봐야겠다는 결심은 하는데 그 순간일 뿐이다. 남편과 아이들 전부 잠든 뒤 껌껌한 거실에서 맥주 한 캔 마시는 게 취미라면 취미랄까. 뱃살만 늘어나는 악취미다. 내가 진짜로 하고 싶은 게 뭐지.

두런두런 잡다한 얘기까지 하다 보니 어느덧 밤 11시가 훌쩍 넘었다. 〈프듀 시즌 2〉 할 시간이다. 다른 엄마들의 이야기에 귀를 쫑긋거리며 두 손으로는 휴대폰으로 티빙 앱을 클릭하고 있다. 본방사수. 나의 의무다.

"뭐 봐?"

동갑이라서 금세 친구가 된 채원맘이 묻는다.

"프로듀스 101. 내가 강다니엘 팬이거든.

"강… 누구?"

"강다니엘 몰라?"

다른 맘들도 우리의 대화가 궁금해서 쳐다본다.

"전 들어보기는 했어요."

찬혁맘이 웃었다. 찬혁맘 외에 대다수는 강다니엘을 모른다. 상관없다. 알아야 한다고 굳이 강요하고 싶지도 않다. 개인의 취향이다.

엠넷 화면을 고정시키고 다른 맘들과 대화를 이어간다. 눈과 귀와 입이 제각각 작동한다. 이 또한 멀티 태스킹이다.

금요일 밤마다 웬만하면 본방사수를 하니까 이것도 취미라면 취미다. 3개월간의 취미. 뭐 어떠랴. 취미의 사전적 의미는 '즐거움을 얻기 위해 좋아하는 일을 지속적으로 하는 것'이다. 순간이 즐거우면 된다. 정신 건강에도 도움을 준다… 라고 우겨본다.

068

나는 한 번이라도 그렇게 간절한 꿈이 있었나

¶

'강다니엘~!'

날이 적당해서, 점심으로 먹은 된장찌개가 예상치 못하게 맛있어서 페이스북 담벼락에 외쳤다. 문어발식 확장으로 나의 페친 수는 현재 2,000명이 훌쩍 넘는다. 그들 중 오프라인을 통해 직간접적으로 교류하는 사람들 수는 100여 명쯤 될까.

세월이 흐르면서 기자들의 소통 방식도 다양해졌고, 페북도 그 소통 방법 중 하나로 운영하고 있다. SNS를 시작한 이상 부지런해질 수밖에 없다. 남들의 삶을 살짝 훔쳐보는 재미도 쏠쏠하다. '좋아요'라는 흔적만 남기지 않으면 된다.

내 하루 일과와 의식의 흐름을 정리하는 데도 도움이 된다. 나에게 페북은 일기장과도 같다. 훗날 내 아이들이 SNS를 통해 엄마 삶의 한 부스러기를 봤으면 싶기도 하다. 거창하게 자서전을 쓸 필요가 없는 것이다.

1분, 2분, 3분이 지난 뒤 페친들의 댓글이 달리기 시작한다. 그들도 점심시간 끝자락이 무료한가 보다. 남자 페친들은 대체적으로 '강다니엘이 누구예요?'라고 묻는다.

'다니엘이면 재미교포인가요?'라는 댓글도 있다. '다니엘 강, 요번에 우승했던데…'라는 댓글에 빵 터졌다(여자 골퍼 중에 '다니엘 강'이라는 선수가 있다).

이들 주변에는 〈프듀 시즌 2〉 시청자가 없나 보다. 아니면 주변 여성들과 최근에 대화를 안 했거나. 심심한 인생을 사는구나. 물론 내 기준에서.

한 남자 후배의 댓글은 이랬다.

'같이 사는 분(아내)의 녤사랑 때문에 이제 프듀 노래까지 다 따라 부르게 됐네요.'

흠, 후배는 우리 남편과 달리 포용적이네. 우리 남편은 아직 저항 단계다. 아니 현실 부정 단계던가.

'강다니엘이 귀엽기는 한 것 같아요, 선배.'

자슥, 고맙다. 하트를 뿅 날려줬다.

일면식이 없는 또 다른 남자 페친의 댓글.

'요즘 주위에서 강다니엘, 강다니엘 하는 여자 선후배가 많기는 해요. 기자님도 강다니엘을 좋아하시나 보네요.'

나는 기꺼이 '깡다녤!'이라고 댓글을 달았다. 즉각 '좋아요'라는 반응이 온다. '오늘 밤 주인공은 나야, 나~! ^^;;'

대댓글이 다시 이어진다.

여자 페친들은 대부분 강다니엘을 안다. 심리 상담을 하는 어느 30대 지인의 댓글.

'제가 아는 분도 지금껏 아이돌 한 번 좋아한 적이 없는데 강다니엘에 아주 빠졌더라고요.'

지인의 댓글에 나 아닌 다른 이들이 '좋아요'를 거듭 누르며 공감을 표시하는 것을 보니 나와 비슷한 경험을 하는 사람들이 많기는 한가 보다.

'뒤늦게 아이돌에 빠지는 이유에 대해 심리학적인 분석을 해볼까도 싶어요.'

흠… 나 같은 아이돌 입문 늦둥이들의 정신세계가 궁금한 것인가.

하긴 지금껏 아이돌 문화는 철저히 10~20대의 전유물이었다. 물론 과거 아이돌 팬이었다가 충성심과 의리로 30대에 이르러서도 '우리 오빠'를 외치는 이들이 있기는 하다. 10대, 20대 때 아이돌에 전혀 관심 없다가 나처럼 30~40대에 이르러 덕질을 시작하는 경우는 매우 드문 일이다.

〈프듀 시즌 2〉가 판을 깔았고 강다니엘을 포함한 여러 연습생이 전혀 예상치 못한 아이돌 팬층을 만들어냈다. 그것만으로도 대단한 일이다. 〈프듀 시즌 1〉 때도 여자 연습생 아이돌을 상대로 한 아저씨 팬층이 생겼으나 오래 가지는 못했다. 아저씨의 덕질은 수명이 비교적 짧다. 그들은 문화보다는 주식 시세나 스포츠, 정치 등에 관심이 더 많다. 혹은 잠깐 빠진 척하는지도 모른다. 주류에서 벗어나지 않으려면 주류의 관심사에서 벗어나면 안 되니까.

대학 친구의 댓글이 이어진다.

'네가 하도 강다니엘, 강다니엘 해서 찾아봤는데 금사빠 되긴 하겠더라.'

사실 나의 절친들은 나의 '다니엘홀릭'을 진즉에 눈치 채고 있었다. 지인들이 엑소나 방탄 혹은 트와이스와 관련된 글이나 동영상을 올리면 '나는 강다니엘!'이라거나 '강다니엘이 제일 잘생겨 보임' 따위의 댓글을 남겼다. 페북에 다른 아이돌 유튜브 영상을 올리고 '역시 정국(방탄소년단 멤버)'이라는 글을 올린 친한 후배에게 '그래도 나는 강다니엘!'이라고 뜬금포를 날리는 식이다. 주책 맞다.

민폐지만 페친들은 대부분 '웃겨요'라는 반응을 남긴다. 나도 나의 이런 모습이 오글거린다.

처음에는 일종의 놀이나 장난 같은 기분이었다. 아이 둘 키우는 40대 워킹맘이 아이돌 연습생이 좋다면 어떤 반응이 올까 하는 호기심도 있었다. SNS를 하면 이런 재미라도 있어야 한다. 페친들 실시간 반응이 재미있고, 그 반응에 즉각적으로 내가 반응했을 때 상대의 대응이 흥미롭다. 오지랖 넓은 아줌마 같지만 뭐 어떠랴. 디지털 세상은 부끄러움이라는 감정조차 컴퓨터 화면 뒤로 감춰준다. 오프라인이었다면 어림없을 일들을 온라인은 실현 가능하게 해준다.

아무리 그래도 40대에 아이돌 덕후가 됐다니… 진짜 철딱서니는 없다. 나날이 강도를 더해가는 남편의 눈흘김도 이해가 된다. 마치 한때 일본의 중년 여성들이 드라마 〈겨울연가〉의 배용준을 '욘사마'라 부르며 환호했던 것과 비슷한 현상일 수도 있으니 말이다. 그래, 부정하고 싶지만 나도 이제 중년에 접어들었으니까.

나름 핑계는 있다. 〈프듀〉의 컨셉상 간절히 데뷔를 바라는 연습생을 응원해주고, 그들에게 미래를 열어주는 일이라는 데 생각에 미치면 나의 덕질은 당위성을 갖는다. 누군가 꿈꿀 수 있게 도와주고 그 꿈을 연장시켜줄 수 있다는 것만으로도 내 응원의 이유는 충분하다. 감성적인 일에 이성적인 해석을 갖다 붙이는 나란 인간은 참.
시대의 풍조나 유행에 뒤처지지 않는 트렌드세터 같은 이미지에 집착하는 면도 사실 있다. 20~30대에는 당연하게 생각하던 일들이 40대에 이르러서는 의구심을 갖게 된다. 문화의 중심부에는 그들이 있고 나 같은 40대는 변두리로 밀려난다. '요즘 세대'가 되기에는 일에 치이고 육아에 허덕인다.
그래도 중심 언저리에라도 있고 싶다. 변두리 끝은 벼랑이고, 벼랑 끝으로 떨어지면 다시는 못 돌아올 것 같다. 직장이라는 테두리를 벗어나면 고유명사인 내 이름조차도 사라져 '아줌마' '○○ 엄마'로 불리니까.

오랜 자취 생활로 너무 외로워져 결혼을 했지만 나는 지금이 더 외롭다. 아이들이 태어나기 전엔 가끔 남편 품에 안겨 엉엉 울었지만 요즘은 그것도 여의치 않다. 엄마는 강해야 한다는 강박관념에 사로잡혀 늘 밝은 모습만 주변 사람들에게 보이려고 한다. 함께 사는 시부모님 앞에서도 나는 웃어야 하고, 아이들 앞에서도 나는 그늘을 감춰야만 한다. '남자어른'인 남편만이 유일한, 진짜 유일한 감정 소통 창구인데 그 또한 가끔은 어렵다.
억지스럽게 짜낸 긍정에 정작 나 자신은 부정당하면서 나날이 피폐해진다. 아침부터 저녁까지 남을 위한 삶을 살아가다 보면 나는 수증기처럼 증발되고 만다. 쩍쩍 갈라진 감정의 밑바닥엔 외로움이라는 질긴 놈이 똬리를 틀어 불쑥불쑥 사람 마음을 헤집는다. 정이 고프고 정이 메말라 간다. 결론은 하나다. 나는 사랑받고 싶다. 그런 욕구가 오히려 더 무조건적인 관심을 줄 대상을 갈구했는지도 모른다.

강다니엘의 등장이 그래서 더 반가웠다. 솔직하고 진실되고 무엇보다 간절하다. 꼭 데뷔를 시켜주고 싶다. 그들 나름의 진정성으로 인생의 승부를 걸고 있으니 응당 답해줘야만 한다. 그들은 외롭지 않았으면 좋겠다.
특히 강다니엘은.

076

잠자던 '욕망 아줌마'를 깨우다

¶

모두 잠든 밤, 총총 거실로 나와 텔레비전을 튼다. 아직 광고 중. 돌덩이를 얹은 듯 어깨는 쑤시고 눈은 금방이라도 감길 것 같다. 하품은 계속 터져 나온다. 그래도 봐야 한다. 〈프로듀스 101 시즌 2〉 9화.
찬 맥주라도 마셔야겠다. 냉장고 구석에서 쥐포 한 마리를 찾았다. 기름 두른 프라이팬에 꾹꾹 눌러주며 구우면 맥주 안주로 딱이다. 조금 탄 맛이 나면 찬 맥주와 그렇게 합이 맞을 수 없다. 맥주라도 없었다면 내 마음은 시커멓게 타버렸을 것이다. 하루 동안 켜켜이 쌓인 몸속 사리를 맥주로 씻어내려야 한다.

오늘은 생방송 이전에 마지막 컨셉 평가가 있다. 이전 8회 방송의 두 번째 순위 발표식에서 23명이나 방출됐다. 강다니엘은 8위를 했다. 첫 번째 탈락 순위 발표식에서 5위까지 올랐는데 견제표 등으로 세 계단이나 미끄러졌다. 1위보다는 탈락 마지노선인 11위에 더 가깝다.
'내가 응원하는 연습생이 데뷔하기 위해서는 다른 연습생을 떨어뜨려야 한다'는 심리가 강하게 작용한 듯하다. 여러 견제표가 응집되면서 팬덤이 강한 연습생 순위는 하락하고, 누구에게나 무난하게 지지를 받는 연습생 순위는 껑충 뛰어올랐다. 투표란 게 원래 그렇다.
며칠 전 있던 공연 녹화 당일 밤, 블로그 등에 올라온 글을 보면 컨셉 평가 무대가 대충 어땠는지 짐작은 간다. 여러 글들을 조합하면 강다니엘은 아주, 심하게, 파격적으로 섹시한 무대를 선보였다. 제일 명당이라는 '안방 1열' 본방사수로 그 모습을 직접 보고 싶다. 귀엽거나 멋있는 모습은 충분히 봤는데, 섹시한 더 나아가 퇴폐적인 이미지는 도저히 상상이 가지 않는다.

더 차갑게 하려고 잠시 냉동고에 넣어뒀던 캔맥주를 꺼내 쥐포와 함께 착석 완료. '고양이 네 마리 사건' 여파로 강다니엘은 페널티를 받아 팬 투표 결과와 상관없이 인위적으로 조를 배정받았다. 곡명은 〈열어줘〉.
맨 처음 곡 배정을 받은 12명 중 순위 발표식을 통해 8명이 떨어지고 4명만 남았다. 다른 조들보다 탈락자 수가 많다. 하위권 연습생들이 대거 몰려 있던 곡이라는 유추가 가능하다. 기대치도 그만큼 떨어진다. 옹성우, 김재환 등이 속한 〈네버〉 팀에서는 11명이나 생존했다.

컨셉 평가조는 총 7명으로 구성된다. 조원이 4명밖에 남지 않았으니 3명 인원 보충이 필요하다. 〈열어줘〉 팀이 고심 끝에 선택한 이들은 〈네버〉 팀에서 방출된 임영민, 주학년, 유선호. 셋은 공연까지 남은 기간 3일 동안 〈열어줘〉 안무와 노래를 숙지해야만 한다. 시간이 턱없이 부족하다. 이래저래 사면초가다.
연습 부족 등으로 빚어지는 팀 내 갈등은 그대로 카메라에 담겼다. 자청해서 팀 리더가 된 강다니엘도 많이 난감한 모습이다. 불안한 눈빛이 그대로 표출되는 순간, 입술로 시선이 쏠린다. 새빨갛게 바른 입술 때문에 난리가 났던 터라 여전히 신경이 쓰인다. 강다니엘이 바른 틴트가 품절됐다지, 아마. 나도 궁금해서 검색은 해봤다.

맥주를 홀짝거리며 헤벌쭉한 모습으로 방송에 한창 몰입하고 있는데, 남편이 부스스한 모습으로 방문을 열고 나온다. 저 얼굴 새까맣고, 하얀 새치머리에, 배는 불룩한 아저씨도 20대 때는 참 날렵하게 생긴, 자타공인 '잘생긴 청년'이었다.

"뭐해?"

남편은 텔레비전을 흘깃 쳐다보며 배를 긁는다. 아저씨들은 왜 한결같이 저런 모습일까. 이내 〈프로듀스 101 시즌 2〉라는 걸 알아차린 남편의 목소리가 커진다.

"또 강다니엘이야?!"

어이없다는 표정이다.

"응~ 귀엽잖아."

"얼씨구."

"난 원준이가 강다니엘처럼 됐으면 좋겠어."

옆 자리에 풀썩 앉은 남편이 맥주를 빼앗아 한 모금 마신다. 선심 쓰듯 쥐포 한 조각을 입에 넣어준다. 10분쯤 지났을까. 남편이 갑자기 리모컨을 휙 낚아채 채널을 돌리려고 한다.

"왜애~~~!! 나 볼 건데!"

"계속 그러면 나도 트와이스 팬클럽 가입할 거야."

참 유치하다.

"그러든지."

토라진 남편은 맥주를 한 모금 더 마신 뒤 씩씩 거리면서 방으로 다시 들어간다. 나이만 든 어린애 같다.

시간은 얼추 자정을 넘어가고 있다. 〈쇼 타임〉 〈I know You know〉 무대가 끝난 뒤 이제 〈열어줘〉 팀 공연이다. 헉! 강다니엘, 참 야하다. 눈 화장이 신의 한수다. 과하지도 모자라지도 않게 눈두덩에 아이섀도를 했다. 촉촉하게 적신, 금빛이 감도는 머리도 찰떡궁합이다. 핏빛 입술과 하얀 얼굴의 절묘한 조화로 서늘한 뱀파이어 분위기까지 연출해낸다.

압권은 하얀 붕대를 칭칭 감은 오른손 엄지손가락이다. 마치 영화 〈열혈남아〉의 유덕화 같다. 소중한 무엇인가를 지키기 위해 슈트를 한껏 차려 입고 35대 1로 싸우러 나가는 옛 홍콩 느와르 영화의 주인공처럼 보인다. 영화 〈아저씨〉의 원빈 모습이 그랬다. 원빈은 전직 특수부대 비밀요원인가 그랬지 아마도. 춤 연습을 하다가 다쳐서 감은 붕대였지만 이처럼 무한한 스토리를 만들어내는 미장센이라니, 강다니엘이니까 가능한 일이다.

장기인 춤도 '역시나'다. 그의 매력은 역시나 무대 위에서 폭발한다. 손끝부터 발끝까지 디테일하게 감성을 끌어낸다. 이번엔 곡 흐름에 맞게 표정까지 연출해냈다. 그윽하다. 그리고, 이미 온라인상에서 회자되며 실검 상위권에 올랐던 허벅지 쓸기 장면이 나온다.

'온종일 나를 설레게 해'라는 노래 가사에 맞춰 왼손으로 오른쪽 허벅지를 쓸어 올린다. 스물한 살 청년의 몸짓에 순간 움찔한다. 머릿속의 온갖 상상을 자극한다. 순진무구할 것 같은 '댕댕이'가 무대 위에서는 '으른 섹시'를 뿜낸다. 침이 꼴깍 넘어가면서 '허!' 하는 감탄마저 나온다. 그래, 노래 가사처럼 내가 다 설렌다. 강다니엘, 너라는 아이를 어쩌니. 너는 참 여러 모습을 가진 카멜레온이구나. 지금껏 〈프듀 시즌 2〉의 섹시 아이콘은 같은 팀의 강동호였으나 이 순간부터는 강다니엘이다. 강동호가 뭔가 사나이다운 거친 섹시미를 자랑한다면, 강다니엘은 퇴폐적이고 은밀한 욕망을 자극한다. 〈쏘리 쏘리〉 〈겟 어글리〉 때와는 전혀 다른 반전 매력에 또다시 반하고 만다.

•

줄곧 1~3등에 올랐던 박지훈이 속한 〈오 리틀 걸〉과 김종현, 옹성우, 김재환, 황민현, 라이관린 등 상위권 연습생들이 대거 포진한 〈네버〉 공연이 끝나고 드디어 결과 발표. 대반전이 일어났다.

하위권 연습생들이 대거 탈락하면서 함께 연습한 기간이 제일 짧아 지적도 많이 받았던 〈열어줘〉 팀이 넘사벽 같던 〈네버〉 팀을 밀어내고 1등을 차지한 것이다.
〈열어줘〉 팀뿐만 아니라 생존했던 35명 연습생들 모두 상상할 수 없던 결과였다. 야구로 치면 경기 내내 힘겹게 끌려가다가 9회말 2사 후 터져나온 대역전 만루홈런이라고 할까. 그래서 더 짜릿하다. 생각대로 인생이 흘러간다면 얼마나 재미가 없겠는가.
현장 투표 때마다 실력과 달리 내내 하위권을 맴돌던 강다니엘에게도 한껏 용기를 주는 결과였다. 하긴 현장 분위기를 보니 '갓다니엘' 등의 플랫카드가 눈에 많이 띈다. '미소 장인' 강다니엘 스스로 바닥부터 시작해 끌어올린 인기다. 한동안 〈열어줘〉 무대 영상을 계속 돌려볼 것 같다.

강다니엘, 어쩔 거야. 허벅지, 어쩔 거야.
가슴이 계속 쿵쿵댄다.
나도 이렇게 '욕망 아줌마'가 되어가는구나.

084

101 대 11, 결전의 그날

¶

하필 야근이다. 오늘은 〈프로듀스 101 시즌 2〉 최종회가 방송되는 날. 프로그램 최초로 생방송이 예정돼 있다. 지금까지 살아남은 20명 연습생들 중 데뷔조 11명이 정해진다. 방송 시간은 밤 11시. 하지만 나는 새벽 1시 30분까지 회사에서 자리를 뜰 수가 없다.

그나마 다행인 점은 디지털 야근자 작업은 밤 11시면 얼추 끝난다는 것. 그다음부터는 돌발 변수, 즉 뜻밖의 사건 사고가 벌어지지만 않으면 된다. 신문사 야근은 보통 그렇다. 마감이 끝나면 YTN을 틀어놓고 틈틈이 연합뉴스 속보를 체크한다. 각각의 부서마다 야근 담당 인력이 있어 나는 온라인 상황만 주시하면 된다. 그저 아무 일도 일어나지 않기를 바라는 시간이다.

밤 11시 15분, 휴대폰으로 티빙을 연결했다. 휴대폰과 연결된 이어폰을 한쪽 귀에만 꼈다. 이제 내가 주시해야 할 화면은 3개. 휴대폰 화면과 컴퓨터 모니터 2개다.

각 부서별 야근자 4~5명을 제외하고 모두 퇴근했다. 각자의 일을 할 뿐 누가 무슨 일을 하는지는 관심이 없다. 누군가는 인쇄를 막 마친 따끈한 신문을 읽고, 누군가는 나처럼 연합뉴스를 한 번씩 클릭해본다. 포털 실시간 검색어도 주시한다. 놓치는 뉴스가 없어야만 한다.
휴대폰에서는 20명 연습생들의 마지막 미션곡 연습 장면이 흘러나온다. 강다니엘은 〈핸즈 온 미〉 조에 속해 있다. 직전 순위 발표식에서 〈열어줘〉 공연에 힘입어 처음으로 1위가 된 그는 곡과 함께 보컬, 랩 파트 선택권이 있었으나 그 권리를 누리지 못했다.

강다니엘이 프로그램 사전 조사에서 써낸 포지션은 랩이었고, 맨 처음 소속사별 평가에서도 랩 파트를 소화했으나 정작 세 차례 평가 무대에서 랩 실력을 보여준 적은 없다. 목소리가 중저음이라서 랩 하는 모습도 꽤 어울렸을 텐데 기회가 좀체 오지 않았다. 마지막 생방송 평가 무대 때 무조건 랩을 하고 싶은 것은 당연했다.
그러나 역 순위로 곡 포지션을 선택한 결과, 남은 자리는 〈수퍼핫〉 메인보컬뿐이었다. 메인보컬은 상당한 고음을 소화해야 하기에 생방송에서 선택받아야 하는 연습생 입장에서는 큰 모험이 될 수 있다. 하지만 자신이 원하는 랩 파트를 고를 경우, 방송 내내 랩 포지션으로만 두드러진 활약을 보여준 박우진 혹은 임영민을 메인보컬로 밀어내야만 하는 상황이다.

애매하다면서 고심한 끝에 강다니엘은 〈핸즈 온 미〉 서브보컬에 있던 하성운을 〈수퍼핫〉 메인보컬로 보내고 스스로는 〈핸즈 온 미〉 서브보컬이 됐다. 마지막 공연 무대인데도 랩 포지션을 또 다시 포기했다. 살아남으려면 개인주의가 강해질 수밖에 없는 서바이벌 프로그램에서 좀처럼 보기 힘든, 대의를 위해 자기 욕심을 포기하는 대승적인 양보였다. 간절하게 데뷔를 꿈꾸는 연습생으로서 자신의 최대 장기를 보여줄 수 없게 됐지만 그가 1위 특권을 내려놓으면서 〈핸즈 온 미〉 〈수퍼핫〉 두 조 모두 포지션 면에서는 밸런스를 갖추게 됐다. 배려심까지 넘치니까 기특하다. 이러니 좋아할 수밖에.

프로그램 방송 도중 광고 시간이 되자 재빨리 투표를 했다. 동생에게도 카카오톡 메시지를 날렸다.

'강다니엘 투표해!'

뱃속에 둘째를 품고 있는 동생도 역시나 강다니엘 팬이다. 나처럼 '귀엽고 웃는 게 예쁘다'며 좋아한다. 집에서 방송을 보던 동생은 벌써 투표를 마친 후였다. 제부 휴대폰으로도 투표를 했다고 한다. 순간 사무실 전화가 눈에 들어온다. 전화기에 문자 기능이 있던가. 있을 수도 있으나 어찌 하는지 방법을 모른다. 패스.

강다니엘의 데뷔는 거의 기정사실이다. 아이돌에 관심 없던 30~40대까지 텔레비전 앞으로 끌어들인 연습생이 다름 아닌 강다니엘이다. 〈겟 어글리〉에서 복근을 노출할 때부터 혹은 〈열어줘〉에서 감춰뒀던 섹시미를 드러냈을 때부터 누나, 이모들의 은밀한 욕망을 자극했다. 10~20대 팬들은 당연히 많다. '해피 바이러스'가 넘치는 긍정의 아이콘을 누가 싫어할까.

서울 강남역부터 강다니엘의 고향인 부산의 서면역까지 데뷔 응원 광고판이 생겨났다. 일부 팬들은 한국고양이보호협회에 강다니엘 이름으로 기부를 하기도 했다. 자신들이 좋아하는 아이돌의 건전한 이미지를 위해 자발적으로 기부하는 모습이 꽤 신선하다. 출근 도중 유선호를 응원하는 버스 광고판은 봤는데, 강다니엘 응원 광고는 보지 못했다. 광고판이 걸린 지하철 등지에서 인증샷도 남긴다는데 내게 그럴 여유까지는 없다.

컴퓨터 모니터와 휴대폰 화면을 번갈아가며 보는데 야간 국장이 다가왔다. 황급히 휴대폰을 뒤집어놓고 이어폰을 뺐다.

"연합에 국제 뉴스가 하나 떴는데 보고서 정리 좀 해 줄래?"

국제팀은 이미 퇴근한 뒤다.

"네."

후다닥 연합뉴스 링크에 연결해 지시한 기사를 열었다. 일은 일사천리로 진행된다. 한두 번 해본 게 아니니 금방 끝낼 수 있다. 기사를 훑고, 오타 등이 있으면 바로잡고, 맨 밑에 연합뉴스 기자 이름을 지운 뒤 그냥 연합뉴스라는 글자만 남겨두면 된다. 연합 사진까지 첨부해 회사 홈페이지에 노출하면 끝. 10분도 채 걸리지 않는 작업이다. 연합뉴스 발췌 기사는 네이버 등 포털에는 전송이 안 되고 순전히 자사 홈페이지 독자를 위해서만 서비스 된다. 얌체처럼 연합뉴스 기사를 '온라인뉴스팀'이라는 바이라인(기자 이름)을 달아 포털에 전송하는 언론사도 있으나 우리는 그렇지 않다. 기사 도둑질에도 정도가 있어야 한다.

시간은 얼추 새벽 1시를 넘어가고 있다. 이쯤 되면 슬슬 정리할 때다. 〈프듀〉는 아직도 순위 발표를 하지 않고 있다. 도대체 언제 할 거니. 온 신경이 투표 결과 발표에 쏠려 있다. 누가 떨어질지 감이 안 선다. 강다니엘은 1위 아니면 2위가 확실하다. 분위기가 그렇다. 데뷔 전부터 관련 기사가 나오면 클릭수가 보장된 연습생이 또 누가 있겠는가.

퇴근 뒤 집으로 오는 차 안에서도 계속 순위 생각만 했다. 신호등에 걸릴 때마다 티빙으로 생중계를 봤다. 여전히 국민프로듀서 대표인 보아가 뜸을 들이고 있다. 엠넷이 시청률 장사를 해도 너무 한다. 대선 개표 방송도 이렇지는 않을 것이다.

집에 도착해 대충 옷을 갈아입고 텔레비전을 켠다. 대관식은 큰 화면으로 봐야지, 아암~. 10위 배진영, 9위 황민현, 8위 윤지성, 7위 라이관린, 6위 박우진, 5위 옹성우, 4위 김재환, 3위 이대휘….

보아가 아주 긴 호흡으로 순위를 호명할 때마다 연습생들의 희비가 갈린다. 이름 불린 연습생의 얼굴에는 환희가, 그렇지 못한 연습생들의 얼굴에는 초조함이 묻어난다. 순위가 올라갈수록 탈락권에 있던 연습생들은 체념한 뒤 표정이 어두워진다. 김재환은 4위로 자신의 이름이 호명되자 믿기지 않는다는 표정을 짓는다. 생방송 전까지 팬 투표 최고 순위가 7위였던 터라 거의 자포자기했던 듯하다. 개인 연습생이지만 뛰어난 보컬 실력만으로 시청자들에게 인정받았다. 국민프로듀서는 똑똑하다. '워너원'의 메인보컬은 확실해졌다.

드디어 1위 발표. 역시나 예상대로 강다니엘과 박지훈이 1~2위 후보로 호명된다. 박지훈은 방송 초기부터 '윙크남'으로 불리며 늘 최상위권 순위를 유지해왔다. 잔망스럽게 표현하는 '내 마음 속에 저장'은 올해 최고 유행어가 됐다. 반면 강다니엘은 22위부터 시작해 순위를 점점 끌어올렸다. 흡사 반에서 늘 1등이던 우등생과, 중간 등수로 시작했으나 꾸준하게 성적을 올려온 평범한 학생이 최종 수능 점수를 놓고 경쟁하는 듯하다. 내 아이의 대학 입시 결과를 기다리는 마음이 이럴까.
역시나 기다리는 시간이 길어진다. '그만 좀 해라' 하고 화가 불끈 치밀어 오른다. '날 새겠다'라며 욕마저 나오려고 한다.
그리고… 됐다! 강다니엘이 1등이다. 150만 표가 넘었다. 박지훈과 표 차이도 꽤 된다. 10대부터 나처럼 나이 있는 팬들이 똘똘 뭉쳐 차지한 1위다. 센터로 우뚝 선 강다니엘을 보며 온 집안 사람들을 깨울까 봐 차마 소리는 지르지 못하고 마음속으로 누구보다 크게 외쳤다.

'갓다니엘! 너 하고 싶은 것 다해!!!'

〈프듀 시즌 2〉를 통해 데뷔하는 워너원의 마지막 퍼즐은 하성운(11위)이 완성했다. 그 또한 방송 내내 중간 순위를 맴돌다가 막판에 반등을 이뤄냈다. 반면 늘 상위권에 있던 김사무엘, 김종현 등은 탈락했다. 서바이벌 프로그램의 묘미가 이렇다. 참가자들보다 덜 하겠지만 지켜보는 시청자도 피가 마른다. 내가 정한 참가자가 경쟁을 뚫으면 내가 마치 승리자가 된 기분이다. 반면 탈락하면 내가 마치 패배한 것 같다. 욕하면서도 감정이입이 되어 빠져들 수밖에 없다.

101 대 11의 경쟁을 뚫었으나 생존 싸움은 지금부터다. 시장을 이미 장악한 기존 아이돌을 향한 도전은 지금보

다 더 험난할 것이다. 대학 입시의 좁은 문을 뚫어도 이후에는 취업 경쟁이 기다리고 있는 현실처럼 세상은 늘 끝없는 경쟁의 연속이다.

그래도 워너원은 외로운 싸움은 하지 않을 것이다. 10대, 20대는 물론이고 나와 같은 이모팬들이 끝까지 그들을 지켜줄 테니까. 우리가 의리 하나는 끝내준다. 뭔지 모를 성취감에 도취되어 다시 맥주캔 하나를 딴다.

아름다운 밤이다!

02

못 참겠다_덕밍아웃

096

누구 삶에나 '비상구'가 필요하다

¶

H와 K가 늦는다. 오전 마감이 늦어지는 듯하다. 정년퇴임을 3년여 앞둔 S선배와 인사를 나누고 찬 물로 목을 축인다.

"요즘 잘 지내니?"

"그냥 늘 똑같아요."

분명 똑같지는 않았을 텐데 늘상 똑같았던 것만 같다. 어제도 그제도, 삶은 직선처럼 한 방향으로 흘러갔다. 가끔은 늘어진 테이프가 되어도 괜찮을 것 같은데, 누군가 혹은 무엇인가가 반대 방향에서 필름을 팽팽하게 당긴다.

입사 2년차의 후배 H가 헐레벌떡 식당으로 뛰어 들어온다.

"선배님들, 죄송합니다."

연방 고개를 숙인다.

"우리도 금방 왔는데 뭐."

모처럼 신문사 내 대학 선후배가 모이는 자리. 점심 메뉴는 해물 전골이다. 금방이라도 비가 올 듯한 날씨와 잘 어울린다. 어제 과음한 내 몸에도 해장이 필요하다.

H는 오후 2시에 서부지검에서 브리핑이 있어서 금방 일어나야 된다고 했다. P가 오기 전 일단 주문을 해놨다. 눈

앞에서 문어, 조개, 전복 등이 보글보글 익어간다. 눈으로만 봐도 속이 개운해진다. 이윽고 P가 식당 문을 열고 들어온다.

"늦었습니다! 처리할 일이 갑자기 생겨서요."

이해한다. P는 부서 팀장이라 점심시간이 따로 없다. 일이 터지면 컴퓨터 앞에 붙잡혀 있어야만 한다. 점심을 먹을 수 있다는 게 다행이랄까. 대화의 매듭은 늘 안부에서 풀린다. P도 별다를 바 없다. 우리는 같은 회사에서 같은 월급을 받으며 살아가고 있다. 특별할 게 없는 하루를 특별하지 않게 보내고 있다. 요즘 같은 때는 감사할 일인 것도 같다.

뱃속 아우성에 참지 못하고 국물 맛을 한 번 본다. 몸 안에 온기가 전해져 남아 있는 알코올 잔해를 몰아낸다. 아, 살 것 같다.

"재미있는 일은 없고?"

S선배가 묻는다. P가 대답을 주저할 때 내가 불쑥 대화에 끼어들었다.

"강다니엘 보는 재미는 있어요."

선배가 자못 놀란 것 같다.

"강… 누구?"

"강다니엘이요. 요즘 선배, 맨날 페북에 강다니엘 강다니엘 하잖아요."

P가 거든다. 너무 티를 냈지, 내가.

"강다니엘… 몇 번 들어본 것 같네. 그 〈주간조선〉 표지에 나왔던 애인가?"

H도 슬며시 웃고 있다.

"너도 들어봤지?"

"네, 선배."

P가 국물을 한 숟갈 뜨면서 물었다.

"강다니엘 별로 잘 생기지도 않았더구만, 선배는 왜 그렇게 좋아하는 거예요?"

강다니엘의 매력을 꼽자면 셀 수가 없다. 귀엽고, 잘 웃고, 해맑고, 배려심 있고, 피지컬 좋고, 댕댕이 같고…. 몇 분간 장황한 설명을 이어간다. 최근 사적인 만남에서는 으레 겪는 과정이다. '잔망미'와 '섹시미'가 공존하는 강다니엘의 묘한 매력을 말로 다 담을 수 없는 게 아쉽다.

S선배와 후배들은 도통 이해할 수 없다는 표정이다. 늘 그렇다. 나만 떠들고 상대는 듣기만 한다.

"아, 직캠을 봐야 이해가 돼."

그들이 직캠을 찾아볼지는 알 수 없다.

"그래도 선배는 나은 편이예요."

P가 작은 한숨을 토해낸다.

"우리 와이프는 성시경 일본 콘서트 하는 거 따라간다고 표 다 끊었어요. 일본에서 하는 콘서트 다 보고 오겠다고, 벌써 팬클럽에서 만난 사람들하고 숙소도 다 정해놨더라고요."

후배 부부에게는 아이가 없다.

"저 요즘 거실에서 자잖아요. 밤마다 안방에서 성시경 노래를 크게 틀어놓고 있어요. 진짜 귀 아파 죽겠다니까요."

갑자기 P가 불쌍해진다. 그래도 난 안방에서 이어폰은 끼고서 노래 듣고 동영상도 본다. 밤늦게 거실에서 VOD를 볼 때도 안방으로 불빛이 새나갈까 싶어 불을 끄고 어둠 속에서 TV 화면만 응시한다. 성시경이 얼마나 좋으면 남편까지 거실로 쫓아냈을까 싶기도 하다.

P 아내 얘기를 듣다가 승무원인 지인에게 들은 엑소 팬 얘기가 생각났다. 엑소가 미국 LA행 1등석에 탔는데 한 30대 여성이 엑소 옆자리로 바꿔달라면서 한동안 소란을 피웠다고 한다. 비행기 안에서 엑소 모습을 보겠다고 1등석을 끊었는데 하필 큰 비행기(A380)라서 떨어져 앉게 되었으니 그 심정이 오죽했을까.

지인은 "그 승객 알고 보니 무슨 국가기관 산하 연구소 연구원이던데, 주위 사람들은 해외까지 아이돌 따라다니는 거 알까 몰라"라며 웃었다.

스포츠부에 있을 때 야구 팬들도 만만찮았다. 서울 연고의 LG 트윈스 팬이 유독 그랬다. 언니 회사 동료인 한 팬은 "고가의 선물을 하고 싶은데, 무슨 선물을 받고 싶은지 이병규 선수에게 물어봐달라"고 요청했다.

기자 출신으로 중국에서 사업을 하던 한 친구는 "1군 LG 선수들에게 호텔 회식을 쏘고 싶은데 가능할까?"라고 물어본 적도 있다. 도통 이해가 안 돼 "왜?"라고 묻자 친구는 이렇게 답했다.

> "말도 안 통하는 중국에서 혼자 지내는데 유일하게 기쁨을 주는 게 LG 야구니까."

P의 아내나 1등석의 엑소 팬도, LG 팬인 친구의 마음과 비슷할 것이다. 삶에 활력소가 되어주는 존재가 성시경, 엑소라는 것만 다를 뿐. 혹은 과거에 대한 의리일 수도 있다. 삶에서 가장 중요한 시기를 함께한 가수나 노래는 추억이 되고, 그 추억이 때로는 삶의 지지대가 되기도 한다. 추억만큼 아련한 것은 없다. 첫사랑이 그런 것처럼.
아이돌을 향한 팬들의 선물 공세도 마찬가지 아닐까. 좋아하니까, 현실에서는 사막 한가운데 있는 오아시스 같은 존재니까, 뭔가 보답을 하고 싶은 것이다. 한 유명 셰프를 너무 좋아해서 은행 빚까지 지면서 셰프가 근무하는 비싼 레스토랑에 매일 찾아오는 손님 얘기도 들어본 적 있다. 심지어 그 셰프는 유부남이었다.

"어쨌거나 힐링하는 거네."
S선배의 결론이다. 특정 아이돌이나 가수를 향한 덕질은 모두 현실의 스트레스를 잊기 위한 행위라는 것이다. 10대들은 스트레스를 딱히 풀 방법이 없으니 더 아이돌에게 빠지는 건지도 모른다. 연애 또한 제한적이니 유사연애 비슷한 감정을 느끼는 거겠지.

나 또한 강다니엘이나 워너원 동영상을 보면 그 순간만큼은 현실을 잊게 된다. 그 순간은 '나'라는 존재를 망각하게 된다.

현실에서 해방되는 자유를 느끼기 위해 누군가는 골프를 치고, 누군가는 등산을 하며, 또 누군가는 야구를 본다. 아이돌 덕질을 뭐라 할 것도 아니다. 과하지만 않다면 적정선만 지킨다면, 이 또한 훌륭한 스트레스 탈출구가 된다. 현실 망각의 도구가 혹은 삶의 비상구가 아이돌이 된다 한들 문제가 되겠는가. 덕통사고를 제대로 겪고 난 뒤 요즘 들어 새삼 깨닫는 진리다.

강단현상, 반전 매력과 신드롬의 탄생 ¶

웃는다. 또 웃는다. 나도 미소 짓는다. 늘 같은 패턴이다. 21세기 소년이 웃고, 20세기 소녀도 따라 웃는다. 전혀 지루하지 않다.
'녤모닝'으로 시작해 '녤나잇'으로 끝을 맺는 하루. '강단현상(강다니엘+금단현상)'이라 했던가. 가히 신드롬은 신드롬이다. 그 한복판에 나도 있다.

오늘은 MBC 〈이불 밖은 위험해〉에 시선 고정이다. 출연 소식부터 짤막짤막하게 보여주는 예고 영상까지, 안 볼 수 없게 만든다. 오랜만에 거실 텔레비전이 내 차지가 됐다. 역시나 내 옆에는 맥주 한 캔. 하이트 엑스트라 콜드다. 원래 나는 국산 맥주는 카스를 마셨다. 하이트는 약간 밍밍해서 좋아하지 않았는데 강다니엘 때문에 샀다. 입맛까지 포기했다. 이번에는 오징어 땅콩 과자가 안주다.
〈이불 밖은 위험해〉는 파일럿 프로그램이다. 강다니엘이 단독으로 예능에 출연하는 것은 처음. 케이블 오디션 프로그램 출신으로 당당히 지상파 예능 프로그램을 뚫었다. 강다니엘의 상품성을 인정받은 것 같아 내가 다 뿌듯하다. 내 선택이 옳았다는 증거다.

40대는 모든 행동과 말에 당위성을 부여하려고 한다. 나 또한 어른인 척하는 것이다.

새벽의 어둠을 뚫고 강다니엘이 등장한다. 함께 출연하는 이상우, 용준형, 박재정 등과 달리 스케줄이 빠듯하다. 새벽 4시에 일어나 정해진 스케줄을 소화하고 새벽까지 안무 연습을 한다. 맥주, 화장품 등 광고를 많이 찍기도 했다.
프로그램 출연 중에도 계속 살이 빠지더니 지금은 더 수척해졌다. 원하던 바를 이뤄 행복하다고 하지만 보는 사람 입장에서는 안타깝다. 턱 선이 참 갸름해졌다.
화면에 '다니엘이라 쓰고 국민픽이라고 읽는다'는 문구가 등장한다. 그래, 나도 찍었다. 내 고정픽이었다.
역시나 패션 센스가 좋다. 무대 의상은 '이게 뭐지?' 할 정도로 실망스러운데 개인 의상은 딱 옷 잘 입는 발랄한 20대 청년 같다. 〈프듀 시즌 2〉 때는 반이나 조별로 단체복을 입어 잘 인지하지 못했는데 데뷔 후 그의 패션 감각이 드러났다. 넓은 어깨와 긴 다리로 요약되는 피지컬적 요인을 잘 활용한다. 교복도 잘 어울리더니 〈SNL 코리아〉

에서는 정장 패션도 아주 잘 소화했다.

드디어 펜션 2층에 입성, 두 명이 자는 방에 주섬주섬 짐을 풀어 방을 살핀다. 카메라를 바라보고 중얼중얼 혼잣말하는 버릇은 〈프듀〉나 〈워너원 고〉 등 관찰 예능이 몸에 뱄기 때문이다.

강다니엘은 데뷔 전후로 '트루먼 쇼' 같은 상황에 계속 놓여 있다. 팬 입장에서야 좋지만 본인은 얼마나 구속 같은 나날일까도 싶다.

그의 젤리 사랑은 여전하다. 짐 가방 한가득 각양각색의 젤리가 담겨 있다. 〈프듀〉 때도 그랬다. 강다니엘 침대 위에는 빈 젤리 봉지가 굴러다녔다. VOD를 여러 번 보다 보니 사소한 것까지 발견된다. 젤리를 저렇게 먹는데 살이 안찌는 게 신기할 정도다.

어마어마한 연습량 때문에 단것이 늘 고픈가 싶기도 하다. 나 또한 입안에 단내가 나도록(진짜 토할 것 같은 단내가 난다) 일에 몰두한 뒤에는 젤리나 초콜릿이 당긴다. 당 떨어졌다면서 단것을 찾는다. 늘 앉아만 있으니 먹고 나면 그대로 뱃살로 가기에 그나마 자제할 뿐이다.

서른 살이 넘어가면 자신의 행동에 책임을 져야 하고, 먹는 것도 예외는 아니다. 운동을 하지 않을 것이라면 아예 먹지 말아야 한다. 참 슬픈 현실이다.

아무래도 벌레가 신경 쓰이는 것 같다. 전기 파리채를 갖고 2층에서 내려온다. 덩치 큰 21세기 소년이 가장 무서워하는 것은 귀신과 벌레. 의외이기는 하지만 사실이다. 우리 여덟 살 딸아이와 똑같다. 딸은 조그마한 하루살이도 무서워한다. "하루살이가 널 잡아먹진 않아"라고 해도 아이는 "아악~ 싫어" 하고 소리친다. 반면 열 살 아들은 이제 손바닥으로 하루살이를 때려잡는다.

'벌레쯤은 내가 다 잡아줄 수 있는데'라는 생각이 언뜻 스친다. 사실 남편도 바퀴벌레는 못 잡는다. 대신 내가 화장지를 들고 단번에 해치운다. 자취 경력 10년은 여자를 전사로 만들고도 남을 시간이다. 화장실의 전등도 내가 갈고, 아이들 장난감도 내가 고쳐준다. 문제가 발생하면 남편을 부르기보다 그냥 내가 해결한다. 그게 훨씬 빠르니까.

〈이불 밖은 위험해〉에서는 강다니엘의 평소 모습이 그대로 드러난다. '워너블'에게는 참 은혜로운 프로그램이다. 관찰 예능의 특성답게 잠버릇이나 습관 등을 날것 그대로 보여준다. 평소 궁금했던 강다니엘을 훔쳐볼 수 있는 기회다. 물론 화면 속에 비친 모습이 100퍼센트 진실된 모습이라고 생각하지는 않는다. 그냥 그렇다고 믿고 싶은 것이다.

'국민 센터'가 된 뒤 개인 시간이 부족했던 그가 평소 하고 싶었던 일은 '만화책 읽기'였던 듯하다. 이부자리에 누워, 비닐도 채 뜯지 않은 새 만화책을 꺼내 읽는다. 졸린 눈을 비비면서도 잠은 쉬이 들지 않는다.

숙소에서 다른 멤버들과 방을 같이 쓰는 상황에서 오롯이 그의 시간을 그만의 방식으로 최대한 즐긴다. 일하면서 쉬는, 딱 그 컨셉이다. 정규 편성이 됐으면 좋겠다는 생각도 든다. 그래야 강다니엘이 조금이라도 쉴 수 있다. 지금처럼 계속 잠도 못 자고 말라가다간 결국 쓰러지고 말 것이다.

그의 미친 친화력은 이 방송에서도 그대로 드러난다. 해

맑은 미소에, 함께 출연한 연예인들이 무장해제된다. 라면에 후추를 넣다가 왈칵 쏟아 어쩔 줄 몰라 하는 허당 매력까지 있으니 출연자들이 만 스물한 살의 막내를 좋아할 수밖에 없다.

라면 먹을 때 머리카락이 방해되는지 목에 둘렀던 수건으로 머리를 감싸자 말수 적은 이상우까지 웃음을 터뜨린다. 일본 라멘집 사장 같은 모습에 나 또한 어느새 흐뭇한 미소를 짓고 있다.

21세기 소년은 처음부터 잘 웃었다. 방송 초기 '분홍머리 개'일 때도 MMO 소속 연습생들과 '아무말대잔치'를 하며 그는 웃고 있었고, 연습생 막내인 열다섯 살 이우진을 살포시 안아줄 때도 그의 얼굴엔 미소가 한가득이었다. 천성이 그런 것 같다.

젤리를 좋아하고 벌레를 무서워하는 초딩 같은 모습은 상의를 벗고 복근을 드러냈을 때 반전의 묘미를 안긴다. 춤 연습으로 다져진 탄탄한 몸을 보면 그저 감탄이 나온다. 180센티미터의 균형 잡힌 몸매 때문인지 그저 '와~' 하게 된다. 친구는 이런 나를 '욕망 아줌마'라고 놀려댔지만, 안기고 싶다거나 만지고 싶은 그런 끈적끈적한 '19금의 욕망'은 아니다. 그냥 남몰래 훔쳐보고 싶은 그리스의 신, 아폴로 동상 같다.
귀엽다거나 초딩 같다는 이미지에 섹시하다거나 남자답다는 표현은 절대 양립되지 않을 줄 알았다. 그런데 강다니엘이 그렇다. 그에게는 잔망미 가득한 개구진 남동생의 모습도, 기대고 싶은 치명적인 상남자의 모습도 있다. 특유의 부산 사투리는 '무심하지만 내 여자에게만큼은 다정한 남자'라는 판타지까지 심어준다. 10대부터 40대, 더 나아가 50대 여성까지 그에게 빠진 이유일 것이다.

거의 강다니엘 동선에 맞춰 따라간 〈이불 밖은 위험해〉 1회가 거의 끝나간다. 많은 떡밥을 던지며 2회에 대한 시청을 부추긴다. 2회에는 엑소 시우민이 본격 등장한다. 방송 시간대는 변경됐다. 아무래도 방송사 파업과 연관 있을 듯하다. 아무렴 어떠랴. 때가 되면 나는 본방사수를 하고 있을 것이다.
일종의 책임감 같은 것이 있다. 수많은 '내'가 모여 21세기 소년을 '무대'라는 극악의 현실로 이끌었다. 포성 없는 전쟁터 같은 연예계에서 그는 '황금 꽃길'을 걸어야만 한다. 프로그램 출연도 많이 하고 광고도 원 없이 찍어야 한다. TV를 틀 때마다 강다니엘이 나와도 마냥 좋을 것 같다. 그가 광고하는 상품에는 기꺼이 지갑을 열 것이다. 내가 벌어 내가 쓰는 것이니 누가 뭐라 할 사람도 없다.

남은 맥주를 벌컥벌컥 마시고 안방으로 들어간다. 20세기 소년이 코를 골며 자고 있다. 일요일까지 출근해야 하는 직업이니 많이 피곤한가 보다. 순간 '우리 남편부터 꽃길 걷게 해줘야 하는데'라는 생각이 스친다.

남편 또한 20대 때는 꽃다웠다. 웃음으로 주위의 온 기운을 빨아들였다. 나의 20대 후반을 풍요롭게 해준 이도 그다. 지금은 육아 문제로 종종 다투지만 그렇다고 함께 공유했던 시간들이 지워지지는 않는다. 한가득 저축해둔 그때의 추억을 조금씩 출금해가면서 동글동글 살아간다. 추억이, 기억이 파산나지만 않으면 된다. 술기운 탓인지 조금은 멜랑꼴리해지는 그런 밤이다.

덕질은 잠을 이긴다 ¶

알람 소리에 부스스 눈을 뜬다. 오전 7시 30분. 곁눈질로 보니 남편은 비스듬히 누워 휴대폰을 보고 있다. 다시 눈을 감는다. 어차피 오전 8시에 알람은 다시 울릴 것이다. 드디어 8시. 린킨 파크의 〈헤비Heavy〉가 울려 퍼진다. 오지 말았으면 하는 시간이 기어코 왔다.

"I'm holding on~ Why is everything so heavy(나는 버티는 중이야, 왜 모든 게 너무 힘들지)."

그래, 힘들지만 버텨야 해. 알람도 그러라잖아. 음악을 끄지 않고 저절로 꺼질 때까지 나뒀다. 〈넘Numb〉 때부터 난 린킨 파크 노래가 너무 좋았다.

눈을 반쯤 뜨고 오른쪽을 살펴보니 아들이 이불을 한껏 잡아당겨 웅크린 채 자고 있다. 딸은 역시나 침대 반 바퀴를 돌아 발 끝에 머리를 두고 있다. 어젯밤 딸아이의 발차기로 얼굴을 한 대 얻어맞았지만 늘 있던 일이라 그리 놀랄 일도 아니다. 그새 씻고 출근 준비를 끝낸 남편이 나를 한 번 쳐다본다.

"애들 깨워야지."

어젯밤 야근이었던 나는 새벽 3시에 귀가했다. 30분 정도 주차장에 차를 대놓고 또 '딴짓'을 하다 보니 시간이 더 늦어졌다. 딴짓이란 물론 강다니엘 영상을 크게 틀어놓고 보기. 여전히 그는 눈웃음을 짓고 나의 입꼬리는 올라갔다.

늦은 새벽, 현관문을 열고 들어서니 거실은 엉망이었다. 아이들이 놀던 흔적이다. 첫째는 또 레고를 만들었고, 둘째는 그림 그리기를 했다. 메고 있던 백팩을 아무 데나 던져놓고 일단 정리를 했다.

이런저런 자투리 일로 새벽 4시가 되어서야 침대에 몸을 뉘었다. 몸은 피곤한데 정신은 오히려 또렷해져 잠이 오질 않았다. 그 사이 시부모님 방문이 열리는 소리를 어렴풋이 들은 것도 같다.

좀비처럼 비틀대며 일어나 아이들을 깨우기 시작한다. 부산스럽게 아침상을 차려주고 옷을 입히는 '엄마 모드'가 풀가동된다. 한 손으로는 밥숟가락을 들고, 다른 한 손으로는 옷을 입힌다. 정수기를 바로 옆에 두고도 "엄마, 물!" 하는 둘째에게 버럭 하면서도 몸은 이미 컵을 찾아서 정수기 물을 따라주고 있다. 도대체 '엄마병'은 언제 없어지는 걸까. 제발 불치병이 아니길 바란다.

준비물 점검까지 한 번 더 하고 나서 후다닥 옷을 갈아입는다. 오늘도 모자 달린 후드 티에 무릎이 튀어나온 트레이닝 바지 차림이다. 후드 티는 세수 안 한 얼굴을 최대한 가려주는 최고의 아이템이다. 오전 8시 50분. 아이들은 그제야 나와 함께 현관문을 나선다.

"또 지각이야!"

늘 같은 레퍼토리다. 아이들 학교가 그나마 오전 9시 10분부터 수업이 시작되는 게 다행이랄까.

"내일은 9시까지 꼭 가자."

눈은 여전히 떠지지 않는다. 하품을 막을 길도 없다. 손을 꼭 잡고 걸어가던 둘째가 묻는다.

"엄마, 이따가 피아노 학원으로 데리러 올 거야?"

"응."

아이의 얼굴이 아주 환해진다. 학교 교문 앞에서 아이들을 번갈아 안아주면서 "사랑해"라고 속삭인다. 말은 습관이라서 '사랑한다'는 말도 자주 쓰면 입에서 자연스럽게 나온다. 집 안에서도 오고가다 마주치면 한 번씩 안아주고 쓰다듬으며 "엄마가 많이많이 사랑해"라고 말해준다. 아이들이 사랑받고 있다는 사실을 굳이 숨길 필요는 없다. "말하지 않아도 알아요~"라는 옛 광고 CM송은 내 생각엔 틀린 말이다. 말을 하지 않으면 상대는 절대 모른다.

아이들을 보내고 집으로 돌아오는 길, 집에 가서 한숨 자야지 하면서도 몸은 좀비처럼 터벅터벅 학교 앞 커피숍으로 향하고 있다. 정신보다 몸이 앞선다. 아메리카노 한 잔 주문. 누군가는 커피의 향과 맛을 중요하게 여긴다지만, 나에게 커피는 그저 '카페인 충전제'일 뿐이다. 커피 없이 하루를 버티기는 힘들다. 자꾸만 느려지는 뇌를 깨워야 한다.

집으로 돌아와 다시 침대 속으로 파고든다. 이부자리가 어지럽게 펼쳐져 있지만 상관 없다. '자고 싶다'는 욕망 속에 '치워야 한다'는 의무감이 파고들 자리는 없다. 나중에 일어나서 하면 된다. 아이들이 돌아올 시간도 아직 멀었다.

눈을 감을 찰나, 회사 단톡방에 불이 깜빡인다. 뭐지? 나의 호기심은 잠보다 강하다. 휴대폰에 눈을 빼앗긴 순간 짐작했어야 했다. 황금 같은 나의 오전 시간은, 나의 잠은 다 달아날 것이라는 사실을.

유튜브 유랑이 다시 시작된다. 강다니엘과 관련된 새로운 영상을 찾아본다. 팬미팅 직캠도 보고, 공연 직캠도 다시 본다. 광고 스케치 영상도 감상한다. 계속 돌려보는 것은 〈SNL 코리아〉 직캠. 웃는 모습, 찌푸린 모습, 진지한 모습 등 다양한 각도에서 근접 촬영으로 강다니엘의 표정을 담고 있다. 역시 씨익 웃는 모습이 최고다. '잔망미'도 차고 넘친다.

〈주간 아이돌〉 출연 짤도 좋다. 현대무용 하는 강다니엘 모습도 볼 수 있고 소위 '강휘혈'스러운 모습도 나온다. '강휘혈'은 〈세계 서열 0위 포커페이스 반휘혈〉이라는 인터넷 소설에서 따온 이름이라고 한다. 조금은 오글거리는 그런 말.

'녤깅'과 '녤친'의 의미도 덩달아 습득했다. '녤깅'은 '갓난아이처럼 귀엽다'는 뜻이고 '녤친'은 '미친 것처럼 섹시하다'란 뜻이다. 〈프듀 시즌 2〉 방송 때를 생각하면 〈열어줘〉 때 상남자처럼 허벅지를 쓸어 올리던 모습이 '녤친'이고, 어린아이처럼 웃으며 한껏 '멍뭉미'를 드러낼 때는 '녤깅'이라고 한다. 아이돌 관련 용어가 금방 이해되는 것을 보니 아직은 내 뇌세포가 젊은가 보다.

동영상을 보고 또 보고, 이해 안 되는 용어는 다시 인터넷으로 검색해본다. 시간은 재깍재깍 흘러간다. 그러다 깜빡 잠들었나 보다. 퍼뜩 놀라 깨어보니 오전 11시 25분. 휴대폰 메신저가 또다시 깜빡인다. 이번엔 카카오톡이다. 남편이 뭐하냐고 묻는다. "자" 하고 짧게 답한 뒤 다시 이불을 뒤집어쓰고 잠자기 도전.

그러나 10분 뒤 다시 휴대폰을 켜고 포털에 '강다니엘'을 친다. 워너원이 〈2017 MAMA(Mnet Asian Music Award)〉 참석 차 인천공항을 통해 일본으로 출국한다는 것을 기억해냈다. 아침에 비몽사몽으로 기사를 훑을 때 사진을 언뜻 봤다. 역시 포털의 '많이 본 뉴스' '댓글 많은 뉴스'에 워너원 멤버들이 상위를 차지하고 있다. 워너원 관련 기사는 늘 댓글 많은 기사에 올라와 있기 때문에 검색이 편하다.

강다니엘은 오늘 체크무늬 코트를 입었다. 역시 다리가 길어서 롱코트가 어울린다. 지난 베트남 출국 때는 일명 베이지색 떡볶이 코트를 착용했다. 중고등학생들이 많이 입는 아우터인데 20대 초반의 그에게도 참 잘 어울린다. 그날 착용한 파랑, 빨강 무늬가 들어간 스니커즈는 제품 수익금 일부가 독도에 후원된다고 했다. 개념 또한 있어 보여 더 마음에 든다.

기사 댓글까지 읽다 보니 벌써 오후 1시가 다 돼 간다. 한숨 자고 일어나 미용실을 가려는 계획은 이미 어그러졌다. 플랜B로 짜놓은 '나홀로' 드라이브도 불가능하게 됐다. 나는 가끔씩 헤이리로 차를 끌고 가 카페에서 책을 읽다가 온다. 나름 혼자서 낭만을 즐기는 방법이다. 결혼 전에는 강릉까지 혼자 드라이브를 가서 바다를 보고 오고는 했다.

'지금이라도 자야지.'

이불을 뒤집어썼으나 배가 꼬르륵 댄다. 아침부터 아무것도 먹지 않았다. 뒤늦게 커피 생각이 났지만 커피는 식어서 쓴맛만 남았다.

지금의 나는 꼭, 식은 아메리카노 같다. 한창 땐 내 속에도 단단한 원두 같은, 향 짙은 열정이 가득했었다. 지금은 마치 커피 잔 밑바닥에 녹다 만 새까만 알갱이처럼 바스러져 있다. 다시금 뜨거워질 수 있을까.

강다니엘 같은 아이돌에 뒤늦게 입문한 까닭도 어쩌면 그 '열정' 때문인지 모르겠다. 〈프듀 시즌 2〉에 비친 그들의 간절함이 심장을 두들겼다. 나 또한 그렇게 간절하던 순간이 있었다.

쓴맛만 남은 식은 아메리카노가 공복의 위장을 쓸고 내려간다. 이러니 역류성 식도염에나 걸리지.

열정의 유통기한을 늘리는 법 ¶

왼쪽 어깨가 욱신거린다. 노트북 작업을 오래 했다 싶으면 여지없이 아프다. 어떤 때는 왼팔을 위로 들어 올릴 수조차 없다. 어깨가 너무 아파 잠을 설친 적도 꽤 있다. 일어났을 때 왼팔이 마비된 것처럼 저린 적도 여러 번이다. 내 팔이 내 것 같지 않을 때가 많다. 그만큼 고통이 심하다.

정형외과를 가도, 한의원을 가도 그때뿐이다. 엑스레이를 찍으니 '왼쪽 어깨 건초염'이라는 진단이 나왔다. 건초염이라 하면 야구 선수들, 특히 어깨 부상을 당한 투수들한테 많이 들었던 말이다. 공을 한계 이상으로 던졌을 때 나타나는 증세다. 내가 프로 선수들만큼 어깨를 많이 썼던 것일까. 스스로도 의식하지 못할 만큼 나는 내 인생에 전력투구를 해왔던 걸까. 게다가 나는 오른손잡이다. 왜 오른팔이 아닌 왼팔이 아픈 것일까. 의사 선생님은 "40대가 되면 그럴 수 있다"고 했다. 더 이상 묻지는 않았다. 그래, 나이 탓이구나.

나이가 들면 들수록 상처가 아무는 시간도, 병이 낫는 시간도 더디다. 계단에서 넘어져 생긴 오른 다리의 멍 자국은 6개월 넘게 사라지지 않고 있다. 음식을 하다가 칼에 베인 조그만 상처도 완전히 아물려면 한 달 이상 걸린다. 육체적 치유 능력을 점점 상실해가는 듯하다. 그나마 정신적 치유 능력은 늘어가는 나이의 숫자만큼 커지는 것 같으니 균형감에서 다행이라고 할까.

점점 사람과 사물, 사건사고에 무뎌져간다. 깜짝 놀랄 일도, 엄청 기쁜 일도 없다. '어차피 지나갈 일'이라고 치부하게 된다. 삶은 물이고, 도중에 바위 따위에 부딪혀도 끊임없이 흘러만 간다. 아무리 뾰족한 바위라도 시간이 흐르면 둥글둥글해진다. 시간이 주는 결과를 알고 있으니 감정의 파고도 예전처럼 거세지 않다. 한바탕 폭풍우가 지나가면 물결은 잔잔해진다는 사실을 수많은 인과 과정을 거치면서 깨달았다.

어깨 부상을 당한 프로야구 선수라면 가장 짧게는 10일 동안 부상자명단(DL)에 오를 수 있지만 일반인은 그저 물리치료와 침술에 의존할 수밖에 없다. 스테로이드계 주사를 맞으면 지금의 고통은 잠시 잊을 수 있겠으나 점점 의존도가 높아져 종국에는 더 큰 고통을 수반할 수 있다. 자가치유 능력이 없어질 때까지는 버틸 수 있을 만큼 버텨야 한다. 아직 내 몸은 거북이처럼 느려도 치유 능력이 있다.

일주일째 계속 되는 통증에 목 엑스레이도 찍었다. 왼팔이 저린 것이 혹여 목 디스크인가 싶었다. 까맣고 하얀 엑스레이 필름을 한참 보던 의사 선생님은 대수롭지 않게 말했다.

> "2, 3번 척추 뼈가 선천적으로 붙어 있는 기형이네요. 일상생활에는 아무 지장이 없으니까 교통사고 같은 거 났을 때 놀라지 마세요."

응? 한참 눈만 끔벅였다. 태어난 지 40여 년 만에 처음 알게 된 사실. 나의 척추는 선천적 기형이다. 부모님께 전화해서 여쭤보니 두 분도 놀라신다. 그동안 목 엑스레이를 찍은 적이 없으니 당연하다. 출생의 비밀도 아닌, 신체의 비밀에 대해 이제야 알게 되다니. 나는 도대체 얼마나 내 몸에 대해 알고 있을까.

2, 3번 척추의 기형을 알게 된 뒤부터 여러모로 신경이 쓰인다. 목을 이리저리 돌려보고 뒤로 젖혀도 본다. 차이는 크지 않을 텐데 분명히 다른 사람보다 고개가 옆으로 많이 돌아가지 않을 것이라는 결론을 내려버린다.

40년간 전혀 불편하지 않던 것이 '선천적 기형'이라는 선고 앞에 불편한 것이 되어버렸다. 의사 선생님의 말대로 일상생활에는 전혀 상관이 없는데도 스스로는 '상관있음'이라는 딱지를 붙인다. 말은 때로 그 어떤 것보다 강력한 최면술이 된다.

정형외과 물리치료실에서 이완과 수축을 이어가는 기계에 왼쪽 어깨를 내어주고 엎드려 누운 채 휴대폰을 만지작댄다. 어깨 치료를 받는 와중에도 손을 혹사시키는 아이러니란…. 텅 빈 뱃속에서 꼬르륵 소리가 난다. 병원 검진을 받느라 점심을 걸렀다.

'2, 3번 척추 기형.'

포털 검색을 해본다. 나 같은 사람이 또 있을까? 없다.

'척추 기형.'

역시 정보가 거의 없다. 나는 특이 체질인 것이다. 한참을 검색하다 포기했다. 이윽고 미리 꺼내놓은 이어폰을 한 손으로 휴대폰에 연결한다. 유튜브 화면이 뜬다. 역시나 검색어는 '강다니엘' 혹은 '워너원'이다.

21세기 소년들의 몸짓은 에너제틱 하다. 에너지가 활활 타오른다. 무대가 끝나면 얼굴은 온통 땀범벅이 되지만 온 열정을 쏟아낸 뒤의 안도와 환희가 엿보인다. 〈프로듀스 101 시즌 2〉 때와는 사뭇 다른 모습으로 그들의 장기를 뽐낸다.

빡빡한 스케줄에 건강 적신호가 켜지기도 한다. 무대가 간절했던 그들이지만 워너원 또한 사람이다. 음악 방송 출연과 광고 촬영 그리고 팬 사인회까지, 걱정될 정도로 쉴 틈이 없었다.

워너원의 관리를 맡고 있는 YMC(2017년 당시, 지금은 스윙엔터테인먼트 담당)의 속내도 복잡할 것이다. 해체가 정해진 그룹의 운명상, 그리고 서바이벌 프로그램을 통해 만들어진 그룹 속성상, 단기간에 승부를 봐야 한다.
아이돌 그룹의 인기라는 것이 한여름 열기와 같아서 빨리 끓어올랐다가 빨리 식는다. 남녀 간의 사랑에도 유통기한이 있듯 팬심에도 유통기한은 분명 있다.
그 이후에 남는 것은 의리일 것이다. 같은 시공간에서 서로가 서로에게 위로가 되어주면서 생긴 의리. 결혼 생활도 비슷하다. 사랑, 그 다음은 의리와 책임이다.

강다니엘 또한 감기로 인한 고열로 쓰러졌다. 그렇게 무대를 좋아하고 한 덩치 하는 아이인데 하루 두세 시간도 제대로 못 자는 강행군 속에 제 몸이 버텨내주지 못했다. 정신력은 육체를 이길 수 있다고 하지만 극복할 수 없는 육체의 한계가 있다. 열정의 필요충분조건은 누가 뭐라든 건강이다.
목이 쉰 상태로 다른 이의 부축을 받아가며 기어이 팬미팅 장소에 나타난 강다니엘을 보니 참 안쓰럽다. 쉬어야 할 텐데 쉬지 못한다. 남의 건강을 걱정할 처지는 아니지만(게다가 나는 척추 기형이라는데!) 마음이 쓰인다. 20대의 빠른 회복력으로 얼른 다시 일어나길 바란다. 청춘이 다시금 부러워진다.

“엄마가 좋아하는 강다니엘!”

¶

"엄마, 나 종합장 없어."

꼭 이렇다. 방과 후에도 지난 주말에도, 시간은 분명 있었다. 하지만 아이는 늘 학교 가기 30분 전, 아침을 먹다가 불쑥 생각난 듯 말한다.

"미리 말했어야지!"

또 '버럭'이다. 둘째는 으레 무표정하다. 아이도 안다. 엄마의 폭풍 잔소리가 끝나면 어느새 함께 손을 잡고 문방구로 가고 있을 것이라는 사실을. 귀를 닫은 채, 아이는 느릿느릿 먹던 밥만 먹는다.

"이번 토요일에 가서 사면 안 돼?"

"그럼 그때까지 어디다 그림 그려?"

그래, 이번에도 내가 졌다. 흘깃 시계를 본다. 아침이면 통과의례처럼 치르는 일련의 일들, 아이들 깨우고 밥 차리고 옷 고르고 밥 먹는 동안 아이 옷 입혀주고 책가방 속 점검하는 등의 일들이 다행히 평소보다 5분 정도 빠르다. 문방구를 들러도 될 듯하다.

아이들 교육 문제로 부서를 옮긴 뒤, 나는 오전 10시까지 출근해 저녁 7시에 퇴근을 하고 있다. 워킹맘을 위한 부서장과 부서원의 배려다. 아이를 키우는 데는 개인이 아니라 사회의 노력이 필요하다.

"문방구 가려면 얼른 먹어!"

우리 집 주변에는 문방구가 두 군데 있다. 하나는 아이들 학교 앞 건물 지하 1층에, 다른 하나는 아파트 단지 내 상가 안에 있다. 문방구마다 특색이 있어서 아이들은 필요한 곳을 골라간다. 예를 들어 노트, 지우개 등 학용품을 사려면 학교 앞 문방구로, 아이들이 좋아하는 작은 여우 인형을 사려면 단지 내 문방구로 간다. 매주 토요일 새로운 여우 인형이 나오지 않았나 싶어 문방구를 기웃거리는 것도 아이들의 일상이 됐다.

문방구는 오천 원 미만일 경우 보통 현금으로만 받는다. 백팩 안에 있는 지갑에서 현금을 꺼내기가 귀찮아서 만 원짜리 지폐를 늘 빼놓는다. 까맣게 잊고 있던 돈이 청바지나 점퍼 주머니 안에서 나오는 건 그런 탓이다.

일 년 만에 꺼내 입은 코트 안에서 꼬깃꼬깃해진 오천 원, 만 원 지폐를 발견하면 으레 '문방구 갔다가 남았던 거구나' 싶다. 몰랐던 돈이 나오니 횡재했다 싶은 생각도 든다. 가끔씩 가을 겨울 코트를 뒤져보면 꽤 많은 현금이 모인다. 어쩌다 나의 호주머니가 저금통이 됐는지.

아이들이 문방구 문을 열고 쪼르르 들어간다. 웬일인지 시골 장터처럼 북적인다. 특정 학년의 준비물이 있는 듯하다. 함께 온 엄마와 아이들도 나처럼 분주하다.
작은 만물상인 문방구 안에는 문구 용품부터 장난감, 사무 용품, 인테리어 소품, 그리고 먹거리까지 다양하게 있다. 아폴로 같은 추억의 주전부리도 한 자리 차지하고 있다. 요즘에는 콜라볼(콜라 맛 나는 작은 볼), 사이다볼(사이다 맛이 나는 작은 볼)이 아이들의 입맛을 사로잡았다.

나는 문방구의 공기를 좋아한다. 가게 문을 열고 들어갈 때 문에 달린 장식품이 "땡그랑" 소리를 내면 괜히 가슴도 두근거린다. 문방구 안은 깔끔하게 정리정돈 된 것보다 조금은 어수선한 분위기가 왠지 정감 있다. 고사리 같은 손으로 이걸 살까 저걸 살까 만지작대는 아이들의 모습이 연상된다. 어느 한 구석에는 빛바랜 물건들이 마치 보물처럼 쌓여 있을 것만 같다.
내가 가장 좋아하는 곳은 여러 모양, 여러 색깔의 펜들이 모여 있는 진열대다. 이런저런 펜들을 만져보고 이면지에 한 번씩 쓱쓱 그어본다. 괜찮다 싶어서 산 펜들이 화장대 위에 하나둘 쌓여가지만 펜 사랑은 멈추지 않는다. 근사한 펜이라면 왠지 근사한 글이 써질 것 같다.

내가 펜 진열대에 꽂혀 있는 사이, 둘째는 쪼르르 두 번째 섹션으로 갔다. 종합장은 분명 세 번째 섹션에 있다. 아니나 다를까 일본식 도시락 모양의 조그만 지우개를 뚫어져라 쳐다보고 있다.

"종합장은?"

"엄마가 골라줘."

꿀밤을 한 대 때리고 싶지만 참는다. 꿀밤도 폭력이다. 세 번째 섹션에서 아이가 좋아할 만한 표지의 종합장 두 권을 골라 보여준다.

"두꺼운 거? 얇은 거?"

슬쩍 곁눈질로 보더니 "아무거나"라고 한다. 그럼 그렇지. 그림 그리기를 좋아하는 아이를 고려해 얇은 걸로 골랐다. 어차피 한 달도 못 쓸 것이다.

내가 어릴 적에는 철 지난 달력이나 이면지 따위에 그림을 그렸는데 요즘은 아니다. 하얀 종이 한가운데 그림 하나를 그리고, 여백이 많이 남았는데도 뒷장으로 넘겨버린다. 풍요로운 시대다.

계산대로 몸을 돌리려는데 아이가 쪼르르 달려와 도시락 모양 지우개 하나를 보여준다.

"엄마, 이쁘지? 나 이것도 사줘."

눈을 한 번 흘기지만 한 손으로는 지우개를 쥐고 있다. 눈앞에서 사라졌던 첫째는 포켓몬 카드를 하나 들고 온다.

"나는 이거!"

동생이 하나 샀으니 자기도 뭔가를 사야 한다는 논리다. 사는 것도 경쟁이다. 만민 평등의 원칙이 엉뚱한 곳에서 발로된다. 엄마 지갑을 털 때만 그것이 통한다는 게 문제지만.

그나마 문방구는 부담이 없다. 물건 몇 개를 집어도 만 원을 넘기지 않는다. 나도 펜 하나를 다시 집어 들었다. '천재는 악필'이라고 부르짖을 정도로 악필이면서 펜 욕심은 왜 그리 나는지. 게다가 요즘은 펜이 아니라 타다닥, 자판으로 글자를 치는데도 말이다.

시계를 흘끔 보고 계산대 앞에 섰다. 아이들은 다시 두리번거리며 '먹잇감'을 찾고 있다. 계산대 옆 연예인들의 스냅 사진이 눈에 띈다. 대부분 아이돌 사진들이다. 그중엔 워너원 사진도 있다. 입가에 슬쩍 미소가 번질 무렵 둘째가 외친다.

"엄마! 엄마가 좋아하는 강다니엘!"

민망하다. 나는 아직 타인에게 나의 팬심을 들킬 준비가 안 돼 있다. 괜히 문방구 주인 아저씨를 힐끗 쳐다본다. 아저씨는 다른 계산에 바빠 듣지 못한 것 같다. 아니면 들었는데도 모른 척해주는 건가.

"엄마, 사진 안 사?"

이런 천진난만한 얼굴이란.

"괜찮아."

그걸 어디다 두겠니. 화장대 앞에 두는 것도, 매일 들고 다니는 백팩에 넣는 것도 조금 웃기다. 자동차 안이라면? 혹여 다른 누군가가 보게 되면 분명 실소를 할 것이다. 나는 여전히 체면을 따지는 사회인이다. 미안, 강다니엘.

아이돌 용어는 너무 어려워 ¶

40대 아줌마 팬의 덕질은 어렵다. 용어조차 생소한데 무슨 덕질을 할까도 싶다. 외계어처럼 보이는 말도 있다. 트위터 등의 글자 수 제한으로 줄임말이 유행이라지만, 은어인지 비속어인지 혹은 한글인지 일본어인지 알쏭달쏭한 게 수두룩하다. 세종대왕이 통곡할 만한 용어도 많다. 하지만 이 또한 하나의 문화니까 받아들여야 한다.

일단 '덕질'이나 '덕통사고(덕후+교통사고)' '덕후' 등은 이미 잘 알고 있는 말이다. 일본어 '오타쿠オタク(한국식 발음 '오덕후')'에서 파생된 단어들이다. 여기서 더 확장돼 '입덕(덕질을 시작하는 것)' '탈덕(덕질을 그만두는 것)' '성덕(성

공한 덕후)' 등의 용어가 있다. '늦덕(늦게 덕질을 시작하는 것)'이라는 말도 있다 하니, 나의 경우는 '늦덕'쯤 되겠다. 여러 아이돌을 동시에 좋아하는 팬들은 '겸덕' '잡덕'이라 칭해진다. '덕'자가 들어가니 발음상 귀여운 느낌도 난다. '덕밍아웃'은 '덕후'와 '커밍아웃'의 줄임말로, 유사어로 '일코해제'가 있다. '일코(일반인코스프레)'란 일상생활에서 일반인인 척(덕후가 아닌 척)하는 사람을 일컬으니, '일코해제'는 덕후라는 자신의 신분을 스스로 밝힌다는 의미쯤 되겠다. 이제는 사자성어만큼이나 널리 쓰이는 '어덕행덕'은 '어차피 덕질할 거 행복하게 덕질하자'의 줄임말이다. '덕밍아웃' 해서 '어덕행덕' 하자고 하면 대충 의미가 통할 것 같다.

예전에는 '빠순이'라 칭했지만 이제는 '덕후'라는 표현이 포괄적으로 사용된다. 확실히 '빠순이'는 부정적이고 상대를 비하하는 말로 들린다. '덕후'는 아이돌팬뿐 아니라 다른 대상에도 두루두루 쓰이고 있다. '덕후'의 반대말은 영화 〈해리포터〉에서 마법사가 아닌 보통사람을 칭하던 '머글'이다. '덕후가 아닌 일반인'이라는 뜻이다.

'스밍(스트리밍)'이란 줄임말은 같은 부서 후배를 통해 처음 들었다. 워너원이 첫 앨범을 냈을 때 "선배, 스밍 돌려야죠"라고 해서 "스밍이 뭔데?"라고 물었던 적이 있다. 멜론, 벅스 등 음원 사이트에서 음악을 반복 재생해 듣는 것을 스트리밍이라고 하는데 역시나 두 글자로 줄였다. 현대인의 바쁜 삶이 말의 길이에도 영향을 미친다. 음원을 하루 종일 재생시켜야만 음원 점수가 많이 반영돼 가요 순위가 올라가니까 덕질에서 '스밍'은 필수다.

'총공'의 의미도 '스밍'과 함께 간다. 음악방송 1위나 실검 상위권을 위해 팬덤을 결집해 '총공세'에 나선다는 뜻이다. '총공' 하니 총, 칼이 동원되는 전쟁이 떠오르지만 아이돌 팬 세계에서는 음원 다운로드나 스밍, 음반 구입 등이 총공의 방법으로 동원된다. 덕질하는 아이돌 그룹의 컴백에 대비해 '모의총공'도 하는데, 미리 팬덤 화력 체크를 겸해서 사전에 연습하는 것을 말한다. 그룹 팬덤의 강도와 세기는 '총공'에서 드러나는 것 같다.

'최애(최고로 좋아하는)'와 '차애(차순위로 좋아하는)'는 단순히 한자를 배열한 것이니까 누구라도 쉽게 유추할 수 있다.

나의 경우 워너원에서 최애 멤버는 강다니엘, 차애 멤버는 김재환이다.

음악 방송 관련 용어도 쉽게 줄임말로 통용된다. '음방(음악방송)' '공방(공개방송)' '사녹(사전녹화)' '쇼케(쇼케이스)' 등이 있다. 줄임의 미학이 제대로 기능한다.

'공카(공식카페)'나 '홈마(홈페이지 마스터)'도 줄임말이다. '홈마'들은 보통 '찍덕(사진 찍는 덕후)'이기도 한데, 일명 '대포'라고 불리는 렌즈 큰 카메라를 들고 다니며 아이돌을 찍어 홈페이지에 올린다. 유튜브 등을 통해 쉽게 강다니엘의 팬미팅 모습이나 공항 출국 모습을 볼 수 있는 것은 이들의 수고 덕분이다. 해외 팬미팅까지 따라붙으니 웬만한 취재기자들 뺨치는 행동력과 취재력이다. 사진이나 동영상 퀄리티도 전문가 못지않게 훌륭하다. 요즘은 4K의 화질 좋은 영상이 많다.

아이돌과 자주 직접 만날 수 있기 때문에 중학교 장래희망 조사에서는 '홈마'도 직업으로 등장한단다. '아이돌 전문가'인 조카는 "아이돌 따라다니려면 집안 경제력이 뒷받침되어야 하니까 아무나 할 수 있는 것이 아니다"라고 선을 긋는다.

'현타(현자타임)'나 '병크(병신+크리티컬)' 등의 용어는 조금 난해하다. '현타'는 팬미팅 등에서 아이돌 실물을 직접 본 뒤 실망했을 때 주로 쓰는 말이다. 방송 때 모습보다 실물이 못하면 '현타'가 온다. '병크'는 아이돌 그룹이 루머 또는 부정적인 사건에 휘말릴 때 사용된다. '크리티컬(비판적인, 위태로운)'의 의미상, 아이돌 그룹의 위상을 흔드는 바보짓을 칭한다. 생방송에서 큰 말실수를 하거나 사적인 생활에서 비매너적인 좋지 않은 행동을 보였을 때를 이른다. 팬들의 사랑을 절대적으로 필요로 하는 아이돌로서는 한 번의 실수가 큰 충격파가 될 수 있다.

'낫닝겐'은 영어와 일본어가 섞인 국적 불명의 용어로 '외모가 잘생기거나 능력 등이 뛰어나 인간이 아니다'라는 뜻이다. '지구다뿌셔' '세젤예'(세상에서 제일 예쁜) '세젤귀(세상에서 제일 귀여운)' '세젤잘(세상에서 제일 잘생긴)'과 같이 외모를 폭풍 칭찬하는 용어도 있다. '미존'은 '미친 존재감'의 줄임말이라고 한다. 강다니엘은 '미존'을 늘 뽐낸다.

'댓림픽(댓글+올림픽)'의 뜻도 처음 접했다. 아이돌 가수가 출연하는 공개방송은 상위 댓글을 작성한 순서대로 참

석할 수 있는데, 마치 올림픽 경쟁과 같다고 해서 붙여진 말이다. 독수리 타법을 구사하면 공개방송 참석이 요원해진다. 뭐든지 빨라야 하는 시대다. 콘서트 티켓도 5분 만에 매진된다.

'음방' 공개방송은커녕 콘서트표 예매 경쟁에도 뛰어든 적이 없는 나로서는 체감온도가 많이 떨어진다. 도저히 엄두가 안 난다. '클릭전쟁'에서 40대 아줌마는 분명 분루를 삼킬 것이다. 미리 포기하는 게 낫다.

아이돌 용어를 구글링 하다 보니 '커엽다(귀엽다)'나 '댕댕이(멍멍이)' '띵곡(명곡)' '롬곡(눈물)' 등 소위 급식체는 오히려 쉬워 보인다. '마상(마음의 상처)'이나 '고나리(오지랖)' '오지다' '지리다' 등의 신조어도 마찬가지다. 줄임에 은유까지 더해져 머릿속에서 자주 충돌을 일으킨다. 하긴 나는 '만렙' '쪼렙'의 의미도 아이들이 어느 날 갑자기 사용하고 있어 그 의미를 알게 됐다.

관심은 관심을 낳는다. 강다니엘을 몰랐다면, 굳이 찾아보지 않았을 아이돌 용어다. 그들만의 문화에 한발자국씩 다가가는 느낌이 든다. 몹쓸 호기심이 가속 페달이 돼 점점 더 깊숙이 빠져든다. 일종의 '늪'이다. 아이돌, 참 흥미로운 세계다.

그나저나 저녁 설거지는 했던가.

갖고 싶은 게 생겼다 1

¶

나른한 오후다. 하품까지 나려 한다. 불면증 탓이다. 딱히 큰 걱정거리가 있는 것도 아닌데 깊은 잠을 자지 못한다. 정확히 새벽 4시에 눈을 떠 말똥말똥 천장만 응시한다. 재깍재깍 시계 초침 소리가 유난히 방해되는 그런 새벽이 이어진다. 늙었나 보다.

게슴츠레 뜬 눈으로 모니터를 뚫어져라 쳐다본다.

'기사가 뭐 이따구야!'

사진 배열과 오탈자 등 기본 사항만 대충 훑고 기사 창을 닫는다. 오른손으로 클릭, 클릭, 그리고 클릭. 이제 독자는 이 기사와 마주할 것이다. 포털이라는 광활한 대지에 흩뿌려져 있는 수많은 기사들 사이에서 살아남아 독자의 선택을 받을 수 있을지는 잘 모르겠다. 요즘 독자는 똑똑하다. 독자는 21세기인데 기자는 20세기에 머물러 있다. 포털 내 기사 선택 시간은 길어야 10분. 운 좋게 메인에 걸리지 않는 한, 단독 기사라도 누리꾼들에게 외면받을 수 있다.

요즘 회사에서 하는 일은 온라인 편집. 기사가 먼저 온라인에 배포되면 기사에 제대로 사진이 맞물려 있는지, 기사 내 오타는 없는지 확인한다. 꼼꼼해야 하는데 가끔씩 시쳇말로 '귀신이 씌웠는지' 정말 쉬운 오탈자를 발견하지 못할 때도 있다. 인간은 기계가 아니니까라고 자위한다. 제목도 가끔씩 수정하는데 기사에 따라 감성적으로 바꾸거나 직설적으로 매만진다. 떡밥을 잔뜩 뿌린 낚시 제목을 달 때도 있다. 아.주.고.급.지.게. 예전처럼 '충격' '반전' '헉' '폭로' '소름' '알고 보니' 등의 제목을 달면 오히려 역효과가 난다. 영화 〈곡성〉에서 파생된 '뭣이 중헌디' 표현도 이제는 낡았다. 독자의 호기심을 끌 만한 트렌디한 스물세 글자 이내의 제목이 필요하다. 깊게 생각하다가 생뚱맞은 표현이 등장하기도 하지만 꽤 만족스러울 때도 있다.

17년 동안 취재 현장에만 있다가 처음 편집 영역으로 왔는데 꽤 흥미롭다. 기사 쓰기가 상품 제작이라면 제목 달기는 포장에 속한다. 분당 수백, 수천 개의 기사가 쏟아지는 디지털 시대에는 포장이 예뻐야만 1차적으로 독자의 눈길을 사로잡을 수 있다. 구식이거나 싸구려 포장지로는 절대 유혹할 수 없다. 그만큼 편집이 어려워졌다.

다음 기사를 연다. 클릭, 클릭. 글이 재미있다. 전하고자

하는 바가 명확하다. 역시 J선배다. 시사점이 많아 다수의 독자들이 읽었으면 좋겠는데, 제목이 문제다. J선배가 직접 단 제목은 딱딱하다. 20세기에서 온 듯하다.

입술을 깨문다. 한쪽 눈에도 힘이 들어간다. 머리카락을 잡아당긴다. 두피에 볼록하게 튀어나온 부분도 마구 긁는다. 뭔가 집중했을 때 나오는 버릇이다. 제목을 정말 잘 달고 싶다. 그때 테이블 건너 후배 L이 텔레그램으로 말을 건다.

"선배 잡지 주문할 건데 함께 주문할까요?"

'잡지? 아, 그 잡지.'

L도 원래는 강다니엘 팬이었다. 최근에, 같은 워너원 멤버인 황민현과 뉴이스트W로 갈아탔다. 3만원을 내고 뉴이스트W 팬클럽에도 가입했단다. 덕질하느라 새벽에 잤다면서 눈이 퉁퉁 부은 채로 아침에 지각한 적도 있다. 서른두 살에 대단한 열정이다.

옛정이 있는지 그래도 강다니엘에 대해서는 상당히 우호적이다. 강다니엘 짤도 여기저기서 (후배 표현으로는) "줍, 줍" 해서 단톡방에 띄워준다. 순전히 나를 위한 짤 공유다.

좋은 것은 나눠야 한다.

L이 말한 잡지는 〈인스타일〉 10월호다. 강다니엘이 남성으로는 14년 만에 처음으로 잡지 커버모델로 나서게 됐다는 소식이 전해진 뒤부터 온라인은 이미 난리였다. 시사주간지 〈주간조선〉이 강다니엘을 표지 모델로 내세웠던 충격(사실 처음엔 팬들이 합성한 표지인 줄 알았다) 탓인지 패션지 모델은 당연하다 싶었는데, 창간 최초라니 구미가 당긴다. 덕질을 하는 최초의 아이돌이 한 잡지의 역사를 새롭게 쓴다니 대견하기까지 하다.

발매일이 다가올수록 해당 잡지사는 홍보에 열을 올렸다. 매일 떡밥을 제대로 투척한다. A형과 B형 구성. 같은 표지에 같은 내용인데 추가 상품만 다르다. 아침에 일어나서 옷 고르는 것부터 점심 메뉴까지 안 그래도 선택할 게 많은데, 잡지는 그냥 한 가지로 통일하면 안 되나. 그래도 어쩌랴. 미끼를 덥석 물 수밖에.

"응, 내 것도 주문해주라. 회사로."

시부모님과 함께 사는 집으로 잡지가 배달되게 해서는 안 된다. 아이들은 분명 장난감 택배라고 생각해 내가 퇴근도 하기 전에 상자를 뜯어볼 것이다. 잡지를 봤을 때 시아버지의 표정이 어떨지도 감이 안 선다. 잡지 이전에도 개인적인 물건은 회사로 주문했었다. 지극히 개인적인 것은 그마저도 못한다.

"근데 선배, 이번 표지 사진 괜찮네."

"응, 뭔가 고급져."

강다니엘은 패션 센스가 좋다. 어깨가 넓고 팔다리가 길쭉길쭉해서 그런지, 어떤 옷을 입어도 잘 어울린다. 사복을 입은 공항 패션을 봐도, 멤버들과 함께하는 무대 의상을 봐도 옷이 강다니엘 안으로 스며든다.

패션의 완성은 얼굴이라지만 강다니엘의 경우는 체형이 더 받쳐준다. 하얀 얼굴 덕분에 블랙 앤 화이트도, 빨강 파랑 분홍의 원색 옷도 무난하게 소화한다. 전혀 안 어울릴 듯한 상하의도 찰떡같이 믹스 앤 매치가 된다. 머리색을 자주 바꿔도 전혀 어색하지 않다.

뭔가를 갖고 싶다는 생각은 실로 오랜만이다. 생일 때 남편이 "뭐 갖고 싶어?"라고 물어도 한참을 고민한다. 딱히 필요한 것도, 갖고 싶은 것도 없다. 마음먹고 백화점이나 아울렛을 가도 결국 사는 건 아이들 옷뿐이다. 그나마 인터넷 쇼핑으로 뭔가를 '지르기도' 하지만 결국 한두 번 입거나 쓰고 방치한다. 간절하게 뭔가를 원했던 게 언제였던가.

잡지만 해도 그렇다. 결혼 전에는 해외 출장을 갈 때 비행기 안에서 읽을 〈코스모폴리탄〉 같은 잡지를 사기도 했지만, 최근 10년 동안 잡지를 사본 기억이 없다. 그런데 강다니엘 표지 잡지는 소장하고 싶다. 반드시 사야 한다는 의무감마저 든다.

잡지 사은품은 브로마이드. 잡지를 받기도 전에 브로마이드를 어디에 둘 건가부터 걱정이다. 방 안에 붙이는 것은 아무래도 민망하다. 10대 때도 안 해본 일이다. 그렇다고 남을 주기는 아깝다.

브로마이드 처리를 잠깐 고민하다가 컴퓨터 모니터에 시선이 다시 멈춘다. J선배 기사가 아직도 수정되지 않은 채 열려 있다. 머릿속 회로가 멈췄다. '활활'이라는 제목을 달아버릴까. 도저히 안 되겠다. 조용히 기사 창을 닫는다. 내 능력 밖의 일은 하지 않는 게 낫다.

'(오늘밤) 주인공은 나야 나'나 '내 마음속에 저장'도 이미 박제된 말이 됐다. 유행어는 닳고 닳아 지겨워져도 사람은, 사람에 대한 애정은 닳지 말았으면 좋겠다. 내가 가장 좋아하는 말, '그럼에도 불구하고' 나는 닳고 닳지 않았으면 좋겠다.

150

나만의 방, 나만의 세계

¶

"방탄 팬인 거야? 누구 좋아하는데?"

"슈가요."

몇 초간 어떻게 생긴 아이돌인지 머릿속을 헤집었다. RM, 진, 뷔, 지민, 정국, 제이홉… 찾았다!

"아, 알겠다. 이번에 방탄 애들 이름이랑 얼굴 다 외웠어."

"고모는 다 알아요? 우리 엄마는 아이돌 다 똑같이 생겼다면서 한 명도 못 외우는데."

조카들이 놀란다. 나 이런 사람이야 싶어 어깨가 으쓱한다.

오빠 둘째 딸인 H는 중학교 1학년이다. 오빠네 가족은 중국에서 2년, 스위스에서 1년 살다가 한 달 전 귀국했다. 새롭게 장만한 집에 초대돼 저녁 식사 전, 이 방 저 방을 둘러보다가 H 방의 벽을 가득 채운 방탄소년단 사진들을 발견했다. 해 지는 석양을 배경으로 무심한 표정을 짓고 있다.

"고모는 강다니엘 팬이야."

H가 알 수 없는 눈웃음으로 미소를 지었다. 옆에 있던 한 살 터울의 언니 T가 그 이유를 설명한다.

"H도 원래 강다니엘 팬이었다가 갈아탄 거예요."

나는 장난스럽게 눈을 흘깃했다. 흠, 탈덕이라니!

"왜애?"

"그냥 방탄이 노래도 더 많고…. 원래는 워너원 굿즈도 사고 그랬는데 다 친구들 나눠줬어요."

T는 방탄도 좋고 워너원도 좋고 세븐틴도 좋단다.

"언니는 잡덕이에요."

'잡덕'이라는 말을 이때 처음 접했지만 무슨 뜻인지는 금방 알아챘다. 여러 아이돌을 좋아한다는 뜻. 여러 명을 좋아하니 '덕후'라는 표현을 쓰면 안 되는 것 아닌가도 싶다. '아이돌 덕후'라고 표현하면 모든 아이돌을 다 좋아한다는 뜻이 될까.

막내 조카는 세븐틴 팬이라고 했다. 남자 아이가 남자 아이돌을 좋아하는 이유가 궁금해서 물으니, 누나들이 앉혀두고 세븐틴 멤버 13명 이름을 달달 외우게 했단다. 누나들 등쌀에 참 괴롭겠구나 싶다. 그래도 이젠 스스로 앨범을 구매할 정도로 세븐틴 팬이 됐다고 했다. '강제입덕'이다. 막내 조카는 "중국에 있을 때 주문한 앨범이 도착 안 했는데 한국으로 왔다"며 울상이다.

"근데 세븐틴은 왜 세븐틴이야? 17명도 아니고 17살 도 아니고."

"원래 13명인데 세 팀씩 유닛으로 해서…."

H의 자세한 설명에도 이해를 못하겠다. 알고 싶지 않은 것일 수도 있다. 세븐틴은 내 관심 밖이니 굳이 더 캐묻지 않게 된다. 패~스. 벽에 붙어 있는 세븐틴 사진을 쳐다보면서도 누가 누군지 몰라 그냥 지나쳤다.

H의 방에서 T의 방으로 갔다. T의 방에는 워너원 브로마이드가 붙어 있다. 이니스프리 화장품 로고가 찍혀 있는 황민현 사진도 있다. 한때 워너원을 좋아했다는 게 사실인가 보다.

"중국 있을 때는 더 많이 있었는데… 고모, 워너원 좋아하면 남는 거 하나 드릴까요?"

나는 '괜찮다'고 짧게 답했다. 이 나이에 차마 아이돌 브로마이드를 벽에 붙일 용기까지는 없다.

요즘 '강다니엘' 하고 외치면 잔뜩 눈을 흘기는 남편의 반응이 궁금하기는 하다. "이 아줌마가 이젠 별짓을 다하는구나"라는 핀잔이 쏟아질 게 뻔하다. 장난 삼아 한 번 붙여볼까 싶기도 하다.

"B(외조카)가 그러는데, 요즘은 천장에 브로마이드를 붙인다며? 아침에 일어나서 눈 뜨면 바로 볼 수 있다고."

언니 딸인 고등학교 1학년 B와도 아이돌 얘기로 통한다. B는 아이돌 노래에 관심이 많지만 덕후까지는 아니고 연기자로 치면 강동원 같은 '잘생긴 사람'을 좋아한다. 오죽하면 카톡 프로필 사진이 강동원이고 소개 글이 '얼빠(얼굴만 좋아하는 팬)'일까.

아이돌 팬 문화에 대해서는 B로부터 소상하게 가르침을 받았다. 홈마나 스밍, 그리고 엑소와 방탄 팬이 서로 으르렁대는 이유까지 들었다. 서로의 '오빠들'을 지키기 위해 참 처절하게 싸운다.

B는 그러니까, 덕통사고가 난 나에게 스승과도 같은 존재다. 아이돌에 대해 이것저것 궁금해하는 호기심 많은 고모를 외계인 취급하지 않고 자신이 아는 한에서 친절하게 답해준다.

"천장에요? 그래도 되겠구나. 근데 공부할 때 딴짓하다가 브로마이드 쳐다보면 오빠들이 막 꾸짖는 것 같아요. 공부해야지, 뭐하니 하고. 2~3주 지나면 그냥 익숙해지기는 하지만요."

조카들에게 해결책을 제시했다. 아주 간단하다.

"그럼 2~3주마다 브마(브로마이드)를 새롭게 바꾸면 되겠네."

조카들은 깔깔깔 웃었다. 1년 전만 해도 상상할 수 없던 장면이다. 40대 고모와 10대 조카들이 세대 차 없이 공통된 주제로 얘기를 나누다니. 조카들도 신기해한다. 아이돌이나 아이돌 문화에 관심 있는 40대가 얼마나 되겠는가. 흡사 '다시 만난 세계'다. 혹은 '처음 만난 세계'든가.

10대 때 나의 방은 어땠을까. 언니와 함께 쓰던 제주도 시골 좁은 방에 뭔가를 붙였던 기억은 없다. 야구를 좋아했지만 야구 선수 포스터가 내 방 벽면을 채운 적도 없다. '할 수 있다' 정도의 비장한 문구나 암기해야 할 영어 숙어가 책상 앞에 붙어 있었다.

하긴 나의 10대 시절에는 아이돌이라는 게 없었다. 신승훈, 이승철 혹은 서태지와 아이들 정도가 팬층이 두텁던 시기였다. HOT, 젝스키스 등 1세대 아이돌은 대학 시절에나 등장했다.

그런 나와 달리, 여덟 살 아래의 막냇동생은 아이돌 문화의 중심에서 자랐다. 한창 HOT에 빠져 방에도 장우혁 사진을 여러 장 붙였다. 엄마에게는 다분히 '컬처쇼크'였다. 나를 포함한 자식들에게선 볼 수 없던 모습이었다.

어느 날 엄마가 장우혁 사진 위에 세계지도를 붙여버린 것은 어쩌면 당연한 일이었다. 그날 밤 동생은 울고불고 하며 나에게 전화를 했다.

> "언니, 엄마가 장우혁 사진 없앴어! 우리 엄마 왜 그래애?!"

그 동생은 이제 두 아들의 엄마가 됐다.

지금 나에게는 나만의 방이 없다. 안방은 이제 네 식구의 공동 침실이 됐다. 거실에도 아이 방에도 내 손때는 많이 묻어 있지만 나의 방은 아니다. 출산과 함께 나는 그냥 '집'이 됐다. 집과 하나가 됐으니 다른 공간은 허락되지 않는다.

아내의 공간, 엄마의 공간, 며느리의 공간은 내어주는데 내 공간은 어디에도 없다. 노트북, 지갑, 수첩 등이 들어 있는 검은색 백팩만이 오롯이 내 공간일까. 아니면 혼자 있는 시간이 많은 차 안이 내 공간일까.

내 공간이 없다는 것은, 내가 없다는 뜻도 된다. 현관문 앞에서 한참을 서 있거나 현관문을 열었을 때 가끔씩 숨이 턱 막히는 기분이 드는 건 그런 탓이다. 정수기의 찬 물을 벌컥벌컥 들이켜는 것은 퇴근 후 집에서 하는 첫 번째 루틴이 됐다. 냉수 한 잔으로 현실을 다시 각인한다.

10대 때로 다시 돌아가고 싶다는 생각은 절대 없다. 그때도 나름 치열하게 살았다. 다만 30년 전 오롯이 '나'로만 가득 찼던 내 방이 궁금하기는 하다. 타임머신이라는 게 있다면 그저 그 방을 한 번 둘러보고 오고 싶다. 그 방이 품었던 온기를 다시금 느끼고 싶다. 그때의 비밀마저도.

‘요즘 애들’의 놀이문화

¶

청소기를 밀다가 문득 고개를 돌리니 둘째가 안방에서 유튜브를 보고 있다. 파우더룸에 숨겨놨던 아이패드를 어느새 찾아냈다. 혼나기는 싫은지 이불을 반쯤 뒤집어썼다. 숨으려고 했나 본데 내 눈에 띄었으니 유진이의 숨바꼭질은 실패했다. "뭐해?" 하고 물으니 화들짝 놀라며 헤헤 거리기만 한다.

"괜찮아, 10분만 봐."

둘째는 그제야 한껏 낮췄던 아이패드 볼륨을 높인다. 유진이는 '인형 뽑기' 영상을 좋아한다. 인형 뽑기를 너무 좋아해서 뽑기 노하우 등이 담긴 동영상을 보고 또 보면서 연구한다. 이번에도 또 인형 뽑기 영상이다. 그런데 남자 목소리가 영 거슬린다. 자기들끼리 키득키득 웃으면서 간간히 욕설 섞인 말도 내뱉는다.

"야!"

내 안의 '버럭이'가 또 튀어나왔다. 나는 욕에 아주 민감하다. 아이들이 "에이씨"라는 말만 해도 5분간 벌을 세운다. 적정선을 넘지 않는 반말까지는 괜찮다. 하지만 아이들은 학교나 학원에서 '기모띠' 같이 무슨 뜻인지 잘 알지도 못하는 은어와 비속어, 그리고 욕을 배워온다.

이럴 때마다 나는 "말은 사람의 마음이야"라고 강조하며 아이들에게 손 들고 서 있으라고 한다. "다시는 욕하지 않겠습니다"라는 말도 여러 번 시킨다. 다시금 교육이 필요한 때다.

"엄마 아빠가 평소에 욕하는 것 본 적 있어, 없어? 할머니 할아버지는?"

시무룩해진 둘째가 고개를 떨어뜨리며 "아뇨"라고 답한다.

"엄마는 네가 욕하는 것도 싫고, 욕하는 동영상이나 프로그램 보는 것도 싫어. 다신 그런 동영상 보지 마. 알았지?"

유진이가 고개를 끄덕인다. 아이를 다그치면서 순간적으로 내가, 그리고 내 남편이 평소 욕설 섞인 말을 하지 않는 것을 다행이라 생각한다. 어른들은 욕을 하면서 아이에게 "넌 하지 마"라고 하는 건 언행불일치다. 아이들을 키우다 보면 '부모는 아이의 거울'이라는 말에 수긍하게 된다. 아이를 보면 부모가 보인다.

현장 인터뷰 때도 그랬다. 17년 넘게 기자 노릇을 하면서 10대들 취재도 꽤 했는데 인터뷰 대상자의 언어 습관이나 행동에서 그동안 살아온 환경 등이 그려졌다. 자신감이 넘치면 넘치는 대로, 내성적이면 내성적인 대로 그 아이의 부모가 그려졌다. 간혹 티끌 없이 환한 아이를 보면 참 잘 자랐구나 싶다.

"찾아줘~ 찾아줘~ 찾아줘~~~"

첫째가 노래를 부른다. 척 하면 척이라고 강다니엘이 속했던 조의 〈열어줘〉 가사를 개사했다. 학습지를 풀다가 지우개를 잃어버려 찾아달라는 거다. 첫째 원준이는 요즘 툭하면 〈열어줘〉 가사를 바꿔 부른다.

이를 테면 온라인 쇼핑몰에서 장난감을 장바구니에 넣은 뒤 "시켜줘~ 시켜줘~ 시켜줘~"라거나 내가 영화 채널을 보고 있을 때 어린이 채널로 "돌려줘~ 돌려줘~ 돌려줘~"라고 부르는 식이다. 노래가 좋아서 그런 건지, 엄마를 놀리기 위한 건지는 잘 모르겠다.

둘째도 한동안 〈열어줘〉 영상을 틀어달라고 졸랐었다. 이름이 귀엽다는 이유로 강다니엘 팬이 된 여덟 살 여자아이가 왜 〈열어줘〉 노래를 좋아하는지 이유는 모르겠으나 유진이는 몇 번이고 포털에 떠 있는 영상을 내 휴대폰으로 돌려보고는 했다.

그런 동생을 보면서 "너도 강다니엘 덕후냐"며 놀리던 오빠가 이제는 노랫말 바꿔 부르기를 한다. 반강제적으로 자꾸자꾸 노래를 듣다 보니 이제는 동화된 것 같다. 엄마 때문일까. 만약 내가 엑소나 방탄소년단 노래를 계속 들었다면 어땠을까 싶기도 하다. '으르렁'대거나 '되고파 너의 오빠'를 외치고 다니고 있으려나.
다행인지 불행인지 우리 아이들의 꿈은 아이돌이 아니다. 둘째 아이 친구들 중 몇몇은 아이돌이 꿈이라는데 유진이는 관심이 많지 않다. 노래는 곧잘 부르는데 춤은 영 소질이 없다. 발레를 잠깐 배웠던 터라 몸은 유연한데 리듬을 잘 타지 못한다. 첫째는 음치에 박치다. 가끔 짱구의 엉덩이 춤을 추는데 왜 그러는지 이해가 안 간다. 남편의 어릴 적 모습이 저랬나 싶다.

첫째 이름을 지을 때 철학관에서는 "연예인 될 가능성이 크다"고 했다. 그리고 경고도 했다. 연예인이 되면 어린 나이에 여자 문제가 생길 수 있다고. 그때 남편과 나는 스캔들 나는 것 아니냐며 깔깔댔다.
철학관 아저씨는 둘째 때도 비슷한 얘기를 했다. 신뢰성이 급격히 떨어졌다. 당시만 해도 초등학교, 중학교 장래희망 조사에서 1위가 아이돌이었으니 그냥 했던 말인 듯도 하다. 미리 통계 조사를 했을 수 있다. 남편과 나는 '끼'라고 부를 만한 것이 없다. 철학관 아저씨는 얼마나 많은 아기들에게 연예인이 될 것이라는 예언을 했을까.

다행히 셋째 계획은 일찌감치 접었으니 다시 철학관을 찾을 일은 없다. 이리 보고 저리 봐도 우리 아이들은 연기자나 아이돌과는 아주 거리가 멀다. 고슴도치도 제 자식은 예쁘다고 둘 모두 외모는 그나마 준수하다. 우리 가족의 '연예인'이다.

둘이 함께 재미있는 영상을 찍어 유튜브에 올리니까 이 또한 연예인 같은 행위일 수도 있다. 새로운 장난감을 개봉하거나 인형놀이 하는 모습을 성우처럼 한껏 목소리를 꾸며 영상을 찍는데, 어른 입장에서 보면 사실 좀 엉성해 보인다. 그래도 남매는 한 목소리로 "우리는 유튜브 크리에이터야"라고 주장한다.

채널 구독자는 45명. 적은 숫자여도 아이들은 만족하면서 장난감이 새로 생기거나 새로운 스토리가 생각날 때마다 나에게 휴대폰을 달라고 조른다. 나는 그저 "화이팅"을 외치고 악성 댓글을 몰래 지우는 역할만 한다. 익명의 누군가에게 상처를 받기에는 아직 어린 나이니까.

시대가 바뀌면서 아이들의 놀이 문화도 많이 달라졌다. 미세먼지 탓에 바깥 놀이터가 아닌 실내 키즈 카페에 가서 논다. 다른 아이들과 어울려 놀기보다는 혼자 게임을 하면서 온라인상의 사람들과 경쟁하는 것을 더 즐긴다. 같은 공간에서 얼굴을 맞대고 놀기보다는 다른 공간에서 같은 시간을 공유한다. 엄마 아빠의 어린 시절 잣대로 아이들을 바라볼 수는 없다. 그들은 완전히 다른 세대인 것이다.
아들이 리모콘을 쥐어주며 "눌러줘~ 눌러줘~ 눌러줘~" 한다. 〈런닝맨〉을 VOD로 보고 싶은데 구매 비밀번호를 눌러달라는 뜻이다. 생각난 김에 '열어줘' 영상이나 한 번 더 봐야겠다. 손은 이미 휴대폰으로 관련 영상을 찾고 있다. 직캠을 볼까, 풀 영상을 볼까.

갖고 싶은 게 생겼다 2 ¶

애써 화를 억누르고 있다. 아이들 책상이 어지럽다. 여기저기 흩어진 책과 연필, 색연필과 자르다 만 종잇조각들, 주스가 담긴 컵까지 도저히 눈 뜨고 볼 수가 없다.

'책상'이라는 이름만 남았을 뿐 그냥 선반이다. 그것도 무질서의 선반. 공부를 시켜볼 요량으로 소파를 없애고 책상을 거실로 꺼냈으나 이미 목적을 상실한 지 오래다.

"야!"

거실 바닥에 앉아 주사위 놀이를 하던 아이들이 흘끔 쳐다본다. '엄마 버럭이 또 나왔네' 하는 표정이다.

"치우면 어지럽히고, 치우면 어지럽히고!"

소리는 지르면서 손은 또 기계적으로 책상 위 물건들을

치우고 있다. 남편 말이 맞다. 나는 화만 낼 줄 알고 아이들에게 시킬 줄은 모른다. 어느새 두 손이 부지런히 두 책상 위를 오가고 있다. 아이들도 이제 책상 정리쯤은 스스로 할 나이인데, 내 눈에는 그저 어리게만 보인다. 엄마의 기대와 눈높이는 아이를 느리게도, 빠르게도 자라게 할 수 있다. 나는 아이들이 조금 늦게 자랐으면 하는 것일까.

책상 정리를 하는 와중에 〈인스타일〉 10월호가 눈에 들어온다. 나 또한 잡지를 보고 아이들 책상 위에 그냥 올려놨다. 정리 안 한다고 아이들을 나무랄 것도 아니었다. 아이는 부모의 모습을 보고 자란다. 아이를 다그치기 전에 나를 먼저 다그치는 게 맞는 순서였다.

잡지 속 강다니엘은 여전히 고혹적이다. 시간은 찰나에 머물러 있다. 나도 하던 일을 멈춰 시간을 붙들었다. 의자 위에 털썩 주저앉아 잡지를 펼친다. 잡지 배달 뒤 서너 번은 읽어봤던 강다니엘의 인터뷰 기사다.

기자 생활을 17년 넘게 하다 보면 인터뷰 기사가 활자 그대로 읽히지 않게 된다. 인터뷰 기사는 '화자'보다 '청자'

의 주관이 가장 많이 삽입된 결과물이다. 질문과 답 그대로 기술했다고 해도 토씨 하나, 문구 하나마다 기자의 주관적 생각이 개입된다. 가장 쉬우면서도 어려운 게 인터뷰 기사 작성이다. 강다니엘 인터뷰 중 가장 마음에 드는 부분은 두려움에 대한 이야기를 풀어놨을 때다.

> "내가 무서워하는 건 귀신과 벌레 두 가지뿐이다. 다른 사람들이 어려워하는 새로운 것에 대한 도전이나 시도, 그에 따른 압박 같은 것은 두렵지 않다. 내가 그만큼 열심히 하면 된다는 것을 계속 배우고 있다."

강다니엘은 이름 때문에 교포라는 오해를 받기도 했다. 실제로 '강의건'이라는 본명을 아버지조차도 제대로 발음하지 못해 고등학교 때 개명했단다. 교포는 아니지만 프로그램을 통해 그가 가끔 영어 단어를 말하는 모습을 보면 발음이 꽤 괜찮다.

〈스카페이스〉부터 〈수어사이드 스쿼드〉까지 할리우드 영화를 보며 독학으로 영어를 배웠다니 그의 노력 강도가 엿보인다. 1983년 작 〈스카페이스〉 같은 오래된 영화까지 봤다는 것이 놀랍기도 하다.

음악만 해도 그렇다. 강다니엘은 〈프듀 시즌 2〉 1화 때부터 앞 소절만 잠깐 듣고도 곡 제목을 단박에 알아맞혔다. 지금은 같은 워너원 소속인 개인 연습생 김재환이 〈007 스카이폴〉 테마곡의 기타 반주를 막 시작했을 때 강다니엘은 곧바로 "아델"이라고 말한다. 프로그램 전반에 걸쳐 그는 거의 모르는 노래가 없을 정도로 굉장히 많은 곡을 알고 있었다. 간절함은 그의 몸짓에서, 그의 말 속에서 드러났다.

잡지를 읽다가 문득 부록으로 준 브로마이드(브마)가 생각났다. 사실 브마가 들어 있는 지관통은 회사에 있다. 도저히 집으로 가져올 수가 없었다. 그렇다고 회사에서 브마를 꺼내본 것도 아니다. 잡지 받았던 상태 그대로 회사에 있다. 이럴 때는 팬인데 팬이 아닌 것도 같다. 40대가 아이돌 덕질을 하기에는 역시 현실적인 장벽이 높다.

잡지를 보니 잊고 있던 게 생각났다. 앨범 예약 구매. 워너원은 벌써 두 번째 앨범을 낸다. 요즘 아이돌 그룹은 앨범을 다양하게 발매한다. 미니 앨범도 있고 스페셜 앨범도 있고 정규 앨범도 있다. 예전에는 단순하게 정규 앨범만 냈던 것 같은데, 디지털 음원이 생겨나면서 앨범 종류도 많아진 듯하다. 기성세대가 요즘의 문화를 따라가기에는 확실히 벅차다.

아무튼 무엇인가를 갖고 싶다는 욕구는 참 오랜만이다. 스트레스를 충동구매, 즉 '탕진잼'으로 해소하고는 했는데 예약까지 걸 만큼 구매 욕구가 생기는 것은 없었다. 뭔가를 갈구하는 것이 쉽지 않은 나이이다. '홀릭'이라는 말을 좋아하지만 정작 홀릭 되기에는 겁이 난다. 끝이 있다는 것을 알아버렸기 때문이다.

그런데 워너원 앨범이라면 당연히 예약해서 사줘야 할 것 같은 기분이 든다. 사전 예약 30~40만 장의 카운팅을 지켜보는 것도 꽤 흥미롭다. 교보문고 앱에 들어가 워너원 앨범 예약 구매 버튼을 누르려던 찰나, 아이들이 빼꼼히 쳐다본다.

"엄마, 뭐 주문했지?"

귀신같다.

"응, 워너원."

아이들의 눈이 순간 반짝거린다.

"엄마 꺼 사니까 우리 꺼도 사줘!"

그게 홍정거리인가 싶다. 날강도가 따로 없다.

"왜?"

"엄마도 사잖아~ 그래야 공평하지."

어이없는 논리기는 하지만 인심 쓰듯 툭 던진다.

"그래, 책상 정리 너희가 하면."

아이들이 함박웃음을 짓는다. 뭔가를 욕망하는 것은 나쁘지 않다. 때로는 삶의 동력이 되기도 한다. 내 지갑이 평소보다 세 배는 더 홀쭉해졌다.

03

기왕이면_어덕행덕

딩동. 텔레그램 단톡방에 불이 들어왔다. 짤 하나가 떠 있다. 누군가가 카메라를 보면서 손 키스를 날리고 웃는다. 곧 이은 후배의 멘션.

"소민 씨, 이 사람 누군지 알아요?"

〈프듀 2〉 애청자였다가 지금은 뉴이스트W 팬이 된 또 다른 후배에게 묻는 말이다.

"저분은 초면인데…."

"아, 소민 씨는 알 거 같아서요. 그냥 저장했음ㅋㅋ"

둘의 대화를 지켜보다가 참지 못하고 끼어든다. 정보는 나눠야 한다.

"뷔, 방탄소년단. 그 뒤가 정국."

후배 둘 다 놀란 눈치다. 얼굴이 보이는 건 아니지만 느낌이 그렇다.

"진짜, 진짜가 나타났다!"

단톡방 참가 인원은 13명. 나만 유일하게 뷔를 알고 있다. 정보 하나 더 날려준다.

"본명은 김태형. 별명은 태태."

휴대폰 화면이 정지 상태다. 모두 꿀 먹은 벙어리가 됐다.

신문사는 신문처럼 '올드'하다. 아이돌은 그저 아이들 세계에 파고든 문화로 치부한다. 10대의 전유물로, 어리고 시끄럽고 유치하다 생각한다. B급 문화로 여기는 이들도 있다. K-POP은 주목하지만 그저 단편적으로 흘러가는 일시적 현상으로 진단한다. 뉴키즈 온 더 블럭이 한창 인기였을 때 국내 반응도 그랬으니까.

나 역시 1년 전까지만 해도 아이돌에 대한 관심이 거의 없었다. 하지만 강다니엘을 쫓다 보니 눈이 확장됐다. 아이돌의 생태계를 알아야만 덕질 대상에 대한 이해 폭도 넓어질 수 있다. 쓸데없는 나의 호기심도 50퍼센트쯤 작용했고.

〈프로듀스 101 시즌 2〉 이전에도 엑소나 B1A4, 인피니트 멤버들 구분까지는 할 수 있었다. 지하철 역사에 인피니트 성종의 생일 축하 광고가 걸린 것을 보고 자신 있게 "인피니트 성종이네"라고 말할 만큼의 지식은 갖고 있었다.

아마 내 몸속에는 잡덕 DNA가 있는 것 같다. 최애는 강다니엘이어서 여기저기에서 불쑥, 아주 뜬금없이, 때를 가리지 않고 "깡다녤" 하고 외치지만, 아이돌 그룹으로 확장하면 트와이스나 방탄소년단도 좋다. 노래를 듣다가 그들에게 젖어들었다. 흥이 나고 몰입하게 된다.
사실 트와이스는 딸이 더 좋아한다. 유튜브 동영상을 보면서 〈우아하게〉나 〈치어업〉 등의 노래를 따라 부른다. 강다니엘이 〈워너원고 시즌1〉에서, 아침에 막 눈을 뜬 상태로 트와이스의 〈시그널〉 노래에 맞춰 춤을 춘 것도 관심을 부추겼다.
꺄르륵 꺄르륵, 9명의 '트둥이'들은 잘 웃는다. 노래 가사도 쉽다. 귀에 쏙쏙 박혀서 어린아이들도 따라 부르기 쉽다. 타깃층이 확실하니까 일부러 비슷한 색깔의 노래들을 계속 만들어내는 것도 같다. 깊이가 다소 아쉽지만 돌아보면 90년대 아이돌도 마찬가지였다. 젝키의 〈폼생폼사〉, UP의 〈뿌요뿌요〉 그리고 HOT의 〈캔디〉가 그랬다. 한껏 가볍고, 누구나 흥얼거리기 쉬웠다.
트와이스는 노래와 더불어 안무도 귀엽고 앙증맞다. JYP가 만든 걸그룹답다. 주변 남자 기자들이 "트와이스, 트와이스" 하는 이유를 알 것도 같다. 예전부터 행사 초대가수로 트와이스가 등장하면 모두들 인증샷을 찍기 바빴다. 한두 명이 아니어서 꽤 당당했다. 기자가 무슨 주책인가 싫었으나 지금 워너원이 내 앞에 있으면 같은 모습일 것이다. 정치인이나 스포츠 선수와도 인증샷을 찍는데 아이돌이라고 다를 건 없다. 조용필이든 트와이스든 똑같은 가수다. 편견에 갇혀 문화의 상중하를 가릴 필요는 없다.

방탄소년단은 불쑥 들어왔다. 여러 페친들이 〈AMA(American Music Awards)〉 공연 모습을 공유하며 '방탄 클라스' 등의 코멘트를 단 이유도 있었다. 보고 또 보다 보면 그들의 매력에 끌린다. 불과 몇 달 전에 방탄소년단의 고척 스카이돔 콘서트로 퇴근길이 두 시간 정도 지체된다고 버럭 했던 나 자신을 이제는 반성한다.

그때도 그룹 이름 정도는 알고 있었다. 〈문제적 남자(문남)〉에 출연한 랩몬스터(지금은 RM) 때문이었다. 요즘엔 박경(블락비)이 〈문남〉의 젊은 브레인을 상징하지만 이전까지는 랩몬스터가 아이돌 대표 브레인으로 활약했다. 말솜씨나 추리력이 대단했다. 영어 실력도 수준급이다. 아이돌에 대한 고정관념을 깨뜨린 이는 그가 처음이다. 그러나 고백컨대, 해외 음악 시상식에서 방탄소년단이 상을 받아도 나는 시큰둥했다. 〈피 땀 눈물〉 〈불타오르네〉 등은 들어봤던 듯도 한데 그냥 흔한 아이돌 노래거니 했다. 별다른 느낌은 없었다. 작곡가 방시혁이 만든 그룹답게 가사에 깊이는 조금 있구나 했다. 무대 공연 모습을 따로 본 적은 없으니 '칼군무'에 감탄할 여지도 없었다.

그런데 〈프듀 2〉 그룹 평가에서 연습생들이 방탄의 노래를 즐겨 불렀다. 〈상남자〉나 〈봄날〉 등의 노래가 꽤 괜찮다는 사실을 뒤늦게 깨우쳤다. 작사 작곡을 다 한다니까 재능도 남다르다. 노래를 자꾸 듣다 보니 자연스레 방탄 멤버들도 궁금해졌다.

포털 검색창에 '방탄소년단'을 친 뒤 사진을 확대해서 얼굴과 이름을 매칭시켰다. 이런 과정을 거치지 않으면 한 명, 한 명을 기억하기가 어렵다. 요즘 아이돌 그룹 멤버 수는 너무 많다. 그나마 방탄은 7명인데 세븐틴의 경우는 13명이다. 아이돌 이름, 웬만해서는 절대 못 외운다. 나의 메모리칩은 256기가가 아니다.

지민 같은 경우는 포지션은 다르지만 강다니엘과 비슷한 점이 꽤 있다. 잘 웃고 천성이 선하며 막내 정국의 장난도 곧잘 받아준다. 동갑인 뷔와도 스스럼없이 어울린다. 고등학교 때 현대무용을 한 것도 같고, 춤 선이 예쁘다는 공통점도 있다. 강다니엘과 달리 지민은 키가 조금 작다는 게 차이라면 차이다.

워너원에서 시작해 트와이스, 방탄까지 갔다. 이들은 각각의 얼굴과 이름을 정확히 매칭할 수 있게 됐다. 유튜브 동영상을 반복해서 보다 보니 가능해진 단계다. 다른 그룹들은 엄두가 안 난다. 사실 그룹 이름조차 전부 인지하지 못하겠다. 신문사 내에서 '아이돌 전문가'라고 평가받는 내 수준이 이렇다.

학창 시절을 돌이켜 보면 90년대 가요계에는 다양성이 있었다. HOT, 젝스키스, SES, 핑클 등 아이돌뿐만 아니라 서태지와 아이들, DJ DOC, 듀스, 터보 같은 그룹들, 그리고 신승훈, 이승환, 이승철 등의 솔로 가수까지 선택지가 많았다. 트로트 가수들도 심심찮게 가요 프로그램에서 볼 수 있었다.

하지만 요즘은 천편일률적으로 아이돌 그룹만 등장한다. '요즘 가요=아이돌 노래'라는 등식이 성립됐다. 아이유

같이 정적인 노래를 부르는 가수도 있으나 대부분 동적이다. 춤 없는 노래는 상상할 수 없다. 랩이 유행이지만 어떤 랩은 무슨 말인지 알아들을 수조차 없다. '그들만의 세계'다. 엇비슷한 곡들만 반복 재생되니 40~50대의 관심은 더욱 멀어진다.

옛 노래에 대한 기성세대의 향수에 응답하기 위해 90년대 활동 그룹이 재결성되기도 하지만 그때의 감성은 단발적으로 휘발되고 만다. 90년대 솔리드가 재결성된다고 해서 나의, 우리의 삶의 태엽이 90년대로 되감기가 되지는 않는다. 20세기 가요계는 21세기 소년 소녀들의 눈으로 보면 그저 신기한 '골동 문화'일 뿐이다.
그래서 더 아이돌 노래를 듣고 보는 것도 같다. 나만은 혹은 나조차 골동품이 되지 않기 위해. 이미 골동품이 됐다면 어쩔 수 없고.

182

그들의 꿈을 응원해주고 싶은 이유

¶

"아아아아악~ 금메달이에요!"

캐스터의 외침에 놀란다. 순간 감격했던 기분도 싹 가라앉는다. 내 마음은 그렇다. 옆에서 흥분하면 오히려 차분해진다. 스포츠 중계는 더 그렇다.

설 연휴, 딱히 갈 곳도 없어 우리 가족은 집에만 있다. 교통 체증이야 평소보다 덜 하겠으나 연휴 때 사람이 모이는 곳은 뻔하다. 그런 곳에 나섰다간 사람들에게 치일 게 분명하다. 전날에는 수영장 있는 사우나가 인천문학경기장에 개장했다기에 온 가족이 갔다가 주차장에서 차를 돌렸다. 주차장에 가득한 차를 보고 설마 했는데 역시나 사우나 입구부터 인산인해였다.

아직 덜 알려진 곳이라 그다지 북적대지 않겠지 했는데, 그 많은 사람들이 우리 가족과 똑같은 생각을 했나 보다. 사람 생각이란 게 다 비슷하다. 잔뜩 실망한 아이들에게 "주중에 오면 괜찮을 거야"라고 다독이고 돌아섰다.

한 번의 실패를 맛본 뒤, 집 밖에 나갈 생각을 안 했다. '집 밖은 위험해' 모드다. 때마침 겨울 올림픽이 한창이니 한국 선수들이나 응원하자 싶었지만 겨울 올림픽은 종목이 너무 적다. 올림픽 때문인지 방송사마다 준비한 설 특집 프로그램도 눈에 띄게 적다. 작년 겨울 내내 이어진 MBC, KBS 파업 여파도 있었을 것이다.

리모컨으로 이리저리 채널을 돌리다 한 무리의 어린 남자들이 에어로빅을 하는 데서 멈췄다. MBC의 연휴 단골 메뉴가 된 〈아이돌 육상 선수권 대회(아육대)〉였다.

"아이돌한테 이제 에어로빅도 시키네."

옆에서 한참이나 휴대폰을 만지작대던 남편은 무심하게 화면을 쳐다보며 말했다. 그러곤 다시 휴대폰 놀이다. 남자 아이돌 그룹들이 5명씩 짝을 이뤄 에어로빅 하는 모습은 조금 신기했다.

저거 연습하려고 또 얼마나 밤을 샜을까도 싶다. 20대 전후의 남자 아이돌을 보면 그저 '엄마 마음'이 된다. 대학 졸업 후 곧바로 결혼했다면 그만한 나이의 아이들이 있을 듯도 싶으니 당연한 마음 같기도 하다.

업텐션, 온앤오프, 더보이즈··· 차례대로 그룹 경연을 펼치는데 그나마 아는 이름은 더보이즈의 주학년뿐이다. 주학년도 〈프로듀스 101 시즌 2〉에 참가했고 최종 20명에 이름을 올려 생방송 무대까지 진출했다. 강다니엘과는 〈열어줘〉 팀에서 함께 공연하기도 했다.

제주도 출신이라 이름을 더 잘 기억한다. 나중에 검색을 통해 아버지가 홍콩인이라는 점도 알았다. 사실 주학년 소속의 아이돌 그룹 이름이 '더보이즈'라는 것은 오늘 알았다. 데뷔한다는 말은 들었던 것도 같다. 〈프듀〉 때도 헤어밴드를 자주 했던 것 같은데 더보이즈에서도 주학년은 헤어밴드를 하고 있다. 살이 빠져서 얼굴선은 더 날카로워졌다. 그는 아직 열여덟 살에 불과하다.

"재 프듀 나왔던 애야, 제주도 출신."

남편의 대답은 "응" 한마디뿐이다.

골든차일드 이후 작년 설 특집 에어로빅 우승 그룹인 아스트로가 무대가 올랐다. 사회자가 '아스트로'라고 이름을 호명하자 남편은 그제야 고개를 들어 관심을 보인다.

"나 재네는 들어봤다. 오늘 나온 애들 중에 유일하게 아는 그룹이네."

뭔가 뿌듯한 표정이다. 한 팀이라도 알아서 다행이라는 건지, 아니면 '나도 아이돌 몇몇은 안다'는 자부심인지 알 수가 없다.

"그래도 다행이구만. 하나라도 아는 팀이 있어서."

하긴 나도 어제까지는 차은우가 골든차일드 소속인 줄 알았다. 그나마 과자 광고와 예능 프로그램 등에서 가끔 봐서 그 이름은 기억하고 있다.

40대는 기억할 게 너무 많아서 아이돌 이름은 머릿속에 비집고 들어갈 틈이 없다. 애들 반 친구들 이름 외우기도 벅찬데 아이돌을 일일이 어떻게 구분하겠는가. 게다가 애들과 대화하려면 에반, 타나토스, 피닉스 등등 터닝메카드(변신 자동차 일종) 주인공들 이름까지 알아야 한다. 요즘에는 베이블레이드 팽이 이름까지 외워야만 한다. 아들이 가르쳐줘도 자꾸만 까먹어 구박받기 일쑤다. 남들은 메모리 함량이 64기가인데 나 혼자 128기가일 수는 없다. AI가 부럽다.

에어로빅 경기는 아스트로의 2연승. 역시나 연습의 강도가 다르다. 아이돌이 가요 프로그램도 아닌 에어로빅 경기에서 1등을 한다고 무슨 이득이 있을까 싶은데도 그들은 필사적이다. 지푸라기라도 잡으려는 심정 같다.

계주 결승전에 오른 아이돌 그룹 역시 잘 모르겠다. 카라

구하라나 시스타 보라, 엑소 시우민 혹은 샤이니 민호 등이 아육대에 나왔을 때만 해도 익숙한 아이돌 그룹이 많았는데 요즘은 누가 누군지, 어떤 그룹 소속인지 잘 모르겠다. 가슴에 달린 이름표를 보고 구분은 한다지만 '이런 그룹도 있었어?'라는 생각만 든다. 내가 나이가 든 건지, 아니면 아이돌 그룹들이 그만큼 많아져서인지는 잘 모르겠다.

하긴 어떤 통계에서는 2017년에 데뷔한 아이돌 솔로와 그룹만 68개 팀이라고 했다. 이들 중 몇 개 팀은 몇 차례 무대도 못 서보고 해체됐을 것이다. 2016년에는, 또 2015년에는 얼마나 많은 그룹과 솔로가 '별'을 꿈꾸다 좌절했을까.

긴 연습생 생활을 거치고 데뷔라는 꿈을 이뤘지만 그것은 끝이 아니라 또 다른 시작이고, 싸움은 더 처절해진다. 이들이 그나마 공정한 규칙 아래서 이뤄지는 〈아육대〉에서 달리기를 하고 곤봉을 돌리며 활을 쏘고 볼링공을 굴리는 이유일 테다.

결국 1등은, 금메달은, 더 간절한 아이돌이 따낸다. 인지도를 끌어올렸다면 그걸로 절반의 성공이겠으나 아쉽게도 요즘은 〈아육대〉 인기가 예전만 못하다. 스포츠에서는 그나마 비인기 종목 선수들이라도 올림픽, 아시안게임에서 성적이 나면 금전적으로나 인지도 면에서 보상을 받는데 아이돌은 아니다.

휴대폰과 텔레비전 화면을 번갈아 보던 남편은 남녀 계주 결승까지 보다가 "진짜 다 모르는 애들뿐"이라며 리모컨을 빼앗았다. "강다니엘 안 나왔으니까 봐준다" 하면서도 계주에서 필사적으로 뛰던 한 아이돌 멤버(벌써 이름이 기억나지 않는다)의 얼굴이 잔상으로 계속 남는다. '아알못'이라 진짜 미안하다.

뽀통령보다 강다니엘 ¶

설날, 세 자매가 모처럼 모였다. 친정인 제주도는 미리 다녀왔고 한 달 전 둘째를 낳은 동탄 동생 집으로 몰려갔다. 각자의 배우자와 아이들도 모두 함께였다. 애초 3명뿐이었는데 이제는 11명으로 식구가 늘었다. 왁자지껄, 거실이 떠들썩하다.
조카들 중 대장은 언니 딸인 B다. 돌잔치 때 마이크를 들고 테이블 위를 뛰어다니며 알 수 없는 노래를 흥얼거렸던 B는 이제 여고생이 됐다. "아빠 닮아 키가 작다"며 늘 불만이다. 형부는 언니와 키가 비슷해서, 결혼식 때 언니는 구두를 못 신고 실내화를 신어야 했다.

나와 여덟 살 터울인 막냇동생은 이제 두 아이의 엄마가 됐다. 첫째가 아들이라 둘째는 딸이기를 바랐는데 역시나 아들이었다. 임신 5개월 때 "파란 옷을 준비하라"는 의사의 말에 동생은 한동안 우울해했었다.

하지만 둘째가 한 달 일찍 태어나 인큐베이터에 들어가게 됐을 때는 "뱃속에서도 엄마가 실망하는 거 느껴서 스트레스 받았나 봐"라며 눈물을 보였다. 분명 동생 탓은 아닐 텐데 엄마는 아이에게 그저 모든 게 미안한 존재다.

세 자매의 마지막 아이가 될 동생네 둘째는 2주 동안 인큐베이터 안에서 무럭무럭 자라 이제는 여느 아기들과 비슷해졌다. 아기 침대에서 혼자 잘 놀고 잠도 잘 잔다.

"너무 순해서 가끔 태인이 존재를 까먹어."

"일찍 태어나 놀라게 하더니 이제 효도하려나 보네."

설날의 기적인지 아이들이 동생네 첫째와 놀아준다. 기저귀 찬 20개월 사촌동생을 위해 차를 조립해주고 기찻길도 뚝딱 만들어준다. 동생 있는 것은 싫다며 사촌동생과도 격을 두던 딸이었는데 오늘은 잘 어울린다.

"웬일이야."

언니도 동생도 나도 남편도 다 놀랐다.

저녁 준비를 하면서 TV 채널을 엠넷으로 고정했다. 〈워너원 고-제로베이스〉가 재방송되고 있었다. 사실 나의 목적은 〈워너원 고〉가 아니다. 그 다음 프로인 〈너의 목소리가 보여(너목보)〉다. 〈너목보〉는 출연 가수가 음치와 실력자를 구분해내야 하는 예능 프로그램으로, 오늘 설 특집엔 워너원이 출연한다. 3~4명이 출연하는 게 아니라 11명 완전체로 등장한다.

워너원 데뷔 후 다함께 예능에 나오는 것은 〈주간 아이돌〉 정도뿐이었다. 〈해피투게더〉에는 두 차례 출연했는데, 처음엔 강다니엘 박지훈 옹성우 윤지성 황민현이 나왔고 그다음 노래방 촬영에는 강다니엘 김재환 배진영 황민현만 출연했다. 누가 어떤 프로그램에 나왔는지 일일이 다 기억하는 것을 보니 VOD를 참 많이도 돌려봤다. 나조차도 놀라는 기억력이다.

부엌을 오가는 사이, 방송이 시작됐다. 강다니엘의 머리 색깔은 더 금빛이 됐다. 안방에서 아기를 보고 나오던 형부가 TV 화면을 봤나 보다.

"재가 강다니엘인 거지?"

형부는 다음 말을 하지 말았어야 했다.

"근데 뭐가 잘생겼다는 거야? 별로 귀여운 것 같지도 않은데…."

난 지성인이다. 아무 때나 발끈하지 않는다. 지금은 차분한 설명이 필요하다.

"막 잘생긴 건 아니에요. 귀엽다니까요."

한때 '국프'였던 동생이 거든다.

"강다니엘은 방송을 봤어야 해요. 방송 쭉 본 사람은 강다니엘 좋아할 수밖에 없어요."

옳거니!

"그래도 그렇게 인기 많게 생기진 않은 것 같은데… 너무 평범한데."

이런, 형부는 계속 이해가 안 된다는 표정이다. 조카가 나선다.

"왜 그래 아빠~ 잘생겼구만. 학교에서 강다니엘 얼마나 인기 많은데."

그렇지, 역시 조카다. 하지만 형부는 여전히 미심쩍은 표정이다. 옆에 있던 언니도 마찬가지. 언니는 한때 심각했던 막냇동생의 HOT 덕질도 전혀 이해하지 못하곤 했다.

냉철한 논리로 설득이 필요한 때다.

"이게 좀 복잡한데… 기존 아이돌처럼 안 생겨서 더 인기가 많아진 것도 있어요. 반전 매력이 있거든요."

아예 형부 옆에 앉아 본격적인 설명을 이어간다.

"강다니엘은 평소에는 귀염상인데 춤만 추면 프로 같거든요. 반전 매력이 넘쳐요. 아주 많이. 귀엽고 인간적인 매력만 있고, 무대에서 본업인 춤을 못 추거나 아이돌 지망생답지 않았다면 인기는 지금 같지 않았을 거예요. 진짜 재 춤추는 것 보면 '짱'이라니까요."

이건 누가 봐도 덕후의 모습이다. 남편은 이골이 나도록 듣던 말이라 지겹다는 표정이다. 언니는 "네가 그렇다면 그런 거겠지"라며 상황을 그냥 넘겨버린다. 순간 궁금해졌다. '언니가 좋아하는 가수가 누구였더라?' 언니는 책 읽기만 좋아하니까 음악을 안 좋아하는지도 모르겠다. 팝송을 좋아했던가.

엄마 미소를 지으며 헤벌쭉한 모습으로 〈너목보〉를 보고 있는데 20개월 조카가 리모컨을 들고 나에게 다가왔다.

"뽀~ 뽀오~"

〈뽀롱뽀롱 뽀로로〉를 틀어달라는 말이다. 조카는 요즘 여느 아기들처럼 '뽀통령' 매력에 흠뻑 빠져 있다. 남극 펭귄, 사막 여우, 북극곰, 아열대 지방의 벌새, 멸종한 공룡이 한 마을에 사는, 아주 비현실적인 만화를 아이들은 왜 좋아하는 걸까. 조카의 간절한 청을 애써 무시하는데 계속 리모컨을 흔들어댄다.

"모~ 모~ 뽀~"

'모'는 '이모'란 뜻이다.

"태하야, 이모 이것 좀 보게 해줘~"

괜히 조카에게 앙탈을 부린다. 조카는 작전을 바꿔 아기 식탁 의자로 가서는 앉혀달라는 제스처를 취한다. "여기 앉으면 텔레비전 보여주거든"이라며 동생이 웃었다. 43살 이모와 20개월 조카가 채널권을 갖고 싸우는 꼴이라니….

"그래도 안 돼~"

조카는 기어이 울음을 터뜨렸다.

"그냥 뽀로로 보여줘라."

남편이다. 하지만 물러설 수 없다.

"나만 보는 거 아니거든!"

동생과 큰조카도 같이 방송을 보고 있다. 물론 걔들이 나처럼 텔레비전에 시선을 고정하고 있는 건 아니지만. 눈치 빠른 제부가 부랴부랴 휴대폰에서 뽀로로 영상을 찾기 시작했다. 조카는 그제야 울음을 뚝 그쳤다.

조카보다 강다니엘이었나. 하긴 어릴 적에도 난, 만화 보고 싶어 하는 어린 동생을 기어이 울리고 늘 야구만 봤다. 미안하다, 조카야. 이모한테는 뽀통령보다 강다니엘이야.

Walking Dead? Working Dead!

후배 H와 난 대학 오리엔테이션에서 처음 만났다. 후배가 스무 살, 내가 스물한 살. 사춘기라는 터널을 지나 막 청춘의 길로 들어서던 때였다. 둘 다 지방에서 올라와 자취를 해서 더 빨리 친해졌던 것도 같다. 학교 앞 커피숍에서 아르바이트를 함께했고, 휘성과 윤도현 콘서트를 같이 다니기도 했다.
하루는 같이 일출을 보겠다며 느닷없이 차를 렌트해 동해로 1박 2일 여행을 간 적도 있다. 여자 둘이서 묵기에 안전해 보이는 모텔에다 짐을 풀어놓고, 근처 노래방에서 박완규의 〈천년의 사랑〉을 목청껏 불렀더랬다. 밤늦게까지 술잔을 기울이며 지금은 기억나지도 않는, 분명 그때는 심각했을 청춘의 고민들을 얘기하느라 늦잠을 자서 일출은 보지 못했다. 아쉬운 마음에, 물어물어 계획에도 없던 민둥산을 찾아가 억새밭에서 인증샷을 남겼다.

그 사진을 며칠 전 어느 책 속에서 발견하고는 후배에게 오랜만에 연락을 해 약속을 잡았다. 둘 다 아이 키우면서 회사 다니느라 1년에 한두 번 정도밖에 만나지 못한다. 대학 시절의 낭만은 먼지 쌓인 사진첩이 됐고, 지금은 그저 현실에 허덕이는 워킹맘일 뿐이다.

처음 만났을 때의 나이보다 더 많은 시간이 흘렀지만 H의 눈웃음은 그대로다. 여전히 밝은 에너지를 내뿜는다. 대화를 하다가 언뜻 스치는 그늘은, 세월이 만들어낸 틈새일 것이다. H 또한 나의 틈새를 발견했을 것이다. H나 나나 그 틈새가 점점 커지지 않기를, 커지더라도 1년이 아닌 10년의 터울로 커지기만을 바랄 뿐이다.

H는 지금 글로벌 기업에 다니면서 아들 하나를 국제학교에 보내고 있다. 일하던 기업이 한국에서 철수하면서 조기 퇴직한 남편은 얼마 전부터 작은 학원을 운영하는데, 아직은 용돈벌이 수준이다. 아이 학비를 비롯해 가정 경제는 후배가 거의 책임진다.

회사의 배려로 그나마 일주일의 절반은 재택근무를 한단다. 워낙 유능한 인재라서 회사에서도 놓치기 싫어한다. 육아 문제로 해외지부장 발령도 고사했다. 어렵사리 제2의 인생을 시작한 남편의 사정도 고려해야 했다. 후배 삶의 주춧돌이나 다름없는 아들을 두고, 혼자 해외로 나갈 수도 없는 노릇이었다.

워킹맘은 늘 선택의 기로에 서고, 최종 선택은 늘 가족

쪽으로 기운다. 모성일 수도, 의리일 수도 있다.

재택근무가 특혜로 비춰질까 싶어 후배는 더 악착같이 일을 한다. 당일치기 해외 출장도 마다하지 않는다. 강도 높은 스트레스에 하혈을 하면서도, 39도 고열에 시달리면서도, 일처리는 정확하다. 고위 관리직이었던 남편 퇴직금도 두둑하고 그동안 모은 재산도 꽤 있어, 일을 관둬도 되지 않을까 싶지만 후배는 현재의 소득을 포기하고 싶지 않아 한다. 육아 욕심 또한 크다.

진한 아메리카노를 홀짝거리던 후배가 입을 뗐다. 막 육아의 어려움을 토로하던 차였다.

"언니, 아들 친구 엄마들 만나면 그런 얘기 하더라. '자식 때문에 10년만 고생할래, 아니면 평생 고생할래'라고. 그나마 열아홉 살까지 바짝 공부시켜서 괜찮은 대학 보내놓으면 아들이 자기 살 길은 찾을 테니까 맞는 말 같기도 해."

하긴, 나도 그 말이 틀린 것 같지는 않다. 성인이 되어서도 경제적으로 자립하지 못하는 자식들 때문에 고충을 겪는 경우가 심심찮게 보도된다. 우리의 20년 후 모습일 수도 있다. 그럼에도 결국은 묻지 않은 말.

'그 10년 동안 너의 삶은 어떻게 되는데…?'

후배는 버스정류장에서 노트북을 잃어버린 얘기도 했다. 노트북을 의자에 두고 정류장 뒤쪽에서 잠깐 통화를 하던 사이, 회의 자료가 모두 담긴 노트북이 사라졌다고 한다. 같이 정류장에 있던 한 아저씨가 의심스러워 아저씨가 타고 간 광역버스를 택시 타고 쫓아가 버스를 간신히 따라잡았는데 그 아저씨는 버스 안에 없었다. 회의 시간은 다가오고 노트북은 찾을 길이 없어 후배는 길바닥에 주저앉아 엉엉 통곡했다.

"그땐 진짜 하늘이 노랬다니까. 지금까지 일로 육아로 쌓였던 게 한꺼번에 폭발해버린 거지. 정말 다리에 힘이 풀리더라. 뭣 때문에 이렇게 사는지 회의감도 들고…."

알고 보니 노트북은 버스정류장에 그대로 있었다. 덩그러니 놓인 가방을 어떤 학원 셔틀버스 기사가 발견해, 가

방 안에 있던 우편물의 전화번호를 보고 남편에게 전화를 걸어왔다.

"진짜 미친 짓 한 거지. 그래도 우니까 속은 후련하더라."

가끔씩 나도 울고 싶다. 실제로 눈물을 펑펑 쏟은 적도 있다. 부장의 어이없는 업무 지시를 몇날며칠 하다가 단 한 번 투덜댔을 뿐인데 부장한테서 "사이코"라는 말을 들었다. 해외 출장 간 선배가 출장지에서 해야 할 일을 선배 대신 처리해야 하는 것에 대한 항의로 "귀국 환영 회식은 참석 안 하겠다"고 말했을 뿐인데 나는 '미친년'이 됐다. 똥물을 뒤집어쓴 느낌이었다.

하도 어이가 없어 그 앞에서 "나머지는 부장이 알아서 하세요!"라고 소리 치고 그 길로 회사에서 짐을 싸 나왔다. 집으로 가는 동안에도 분을 삭이지 못해 차 안에서 계속 씩씩댔다. 불평부당한 일에도 군말 없이 2주 넘게 야근을 하며 소처럼 일한 내가 참 한심스러웠다.

무엇을 위해 그렇게 발버둥 친 걸까. 자아실현을 하고 싶어서? 거대한 조직 내에서 '나'란 존재를 드러내고 싶어서? 부질없는 일이었다고 생각하니 비참해지기까지 했다. 눈물을 꾹꾹 눌러가며 겨우 운전을 했다.
그날 나를 무너뜨린 것은 부장의 일격이 아니었다. 어차피 가끔은 미친년 소리를 들을 만큼 독하게 일을 해야 한다.
때마침 비가 억수같이 쏟아졌고, 우산이 없던 나는 남편에게 전화를 걸어 전후 사정을 얘기한 뒤 아파트 주차장까지만 우산을 갖다달라고 했다. 밤 12시가 넘은 시각이었다.

우산보다는 위로가 필요해서였는데 남편은 대수롭지 않아 했다. 으레 있는 회사 스트레스라고 생각했나 보다. 주차장에 그는 없었다. 그 길로 차를 돌려 혼자 사는 동생 집으로 갔다. 눈물이 펑펑 쏟아졌다. 직장에서도 집에서도 나의 '우산'이 되어줄 사람은 없다고 느껴지던 그런 날이었다.

워킹맘은 어쩌면 '살아가는' 게 아니라 '살아내는' 것인지도 모르겠다. 회사에서도 그리고 가정에서도, 어느 한쪽으로 기울지 않기 위해 안간힘을 쓰면서 계속 힘겹게 버터낸다. 스스로 선택한 길이기에 두 조각난 열정에 몸과 마음이 태워지는 줄도 모른다. 일과 육아의 선택지 안에서 늘 고민하지만 어느 것도 포기하지 못해 전전긍긍한다. 내 선택의 거친 파고 속에서 다른 이들이 다칠까 노심초사하지만 정작 내가 상처받는 것은 잊는다. 아니 모른 척한다.

'모성애'로 포장되지만 그 밑바닥에는 궁극적으로 아이를 세상 밖으로 내몬 주체자로서의 '의리'가 있다. 아이를 낳는 존재는 결국 엄마니까. 남자들의 의리가 강조되지만 따져 보면 엄마의 의리가 더 강하고 끈끈하다. 아이에게 늘 미안한 것도 의리에 동반되는 책임감 때문이다.

바쁜 와중에도 본방사수를 하는 미국 드라마 〈워킹 데드〉에서는 살아 있는 인간들 또한 '좀비 보균자'로 묘사된다. 좀비에게 물리지 않더라도 죽는 순간 좀비로 변한다. 심장이 멎는 순간, 좀비가 된다는 설정이다. 그걸 보는 나는 '내가 좀비일까, 좀비 보균자일까'라는 질문을 하게 된다. 심장은 뛰고 있지만 어떨 때는 그 심장이 내 것 같지가 않다.

능동의 존재였던 나는 엄마가 되면서 피동의 존재가 됐다. 내 인생의 중심에는 심장 같은 '아이'가 있다. 하지만 '나'는 없다.
워킹맘이 가장 경계해야 할 것은 '워킹 데드Walking Dead(걸어 다니는 시체)'가 아니라 그저 일만 하며 살아가는 '워킹 데드Working Dead(시체처럼 일하는 사람)'일지도 모르겠다. 자아실현에서든 육아에서든 스스로의 열정으로 뼛속까지 타들어가 좀비가 되어간다. 하긴 요즘 같은 사회에서 순수한 열정을 품고 살아가는 사람들이 몇이나 될까. 나도 남편도 후배도 그저 살아내는 것일 뿐.

나의 피난처이자 유일한 안식처인 차 안에서 운전대를 잡으며 오늘도 스스로에게 물었다. 오늘은 심장박동이 느껴졌느냐고. 좀비처럼 멍한 눈과 죽은 심장으로 하루를 산 건 아니었냐고. 후자였던 것 같아 또다시 좌절한다. 그래도 괜찮다. 아직은 내가 울어도 될 공간이 있으니까. 아직은 나 자신이 '우산'이 되어주는 것 같으니까.

아물지 않으면 흉터가 아니다 ¶

"왜 비웃으세요?"

순간 말문이 막혔다. 머릿속이 마비되는 느낌이다.

"네?"

전화기 너머 50대 중반의 모 협회 임원이 다시 싸늘한 말투를 이어간다. 말 마디마디에 고슴도치 같은 가시가 박혀 있다. 꽤 아프다. 마음에서 피가 철철 난다.

"왜 실실 쪼개면서 비웃으시냐고요."

상대는 지금, 자석으로 치면 마이너스 극이다. 똑같이 마이너스 극이 되면 충돌을 피할 수 없다. 가끔은 억지로라도 플러스 극이 되어야 한다.

"오해하셨다면 죄송합니다."

마음으로부터의 사과였다고는 할 수 없다.

"우이씨!"

전화를 끊고서야 비로소 나로 돌아온다.

나는 누군가와 대화할 때 잘 웃는 편이다. 첫인상은 차가운데, 입만 열면 하이톤의 목소리에 웃기까지 잘해서 사람들이 가끔 당황한다. 한때 사수였던 선배는 "넌 말할 때와 말하지 않을 때 차이가 참 크다"고도 했다. 가끔은 실없다는 소리도 듣는다.

내가 잘 웃는 이유는 하나다. 사람들을 처음 만났을 때 어색한 분위기를 지워줘서다. 사람과 사람의 벽을 허물기에 웃음만 한 게 없다. 웃는 얼굴에 침 못 뱉는다는 말이 괜히 있는 게 아니다. 웃음은 관계 맺기의 묘약과도 같다. 여러 사람을 만나야 하는 기자라는 직업적 특성상, 호탕하게 잘 웃는 성격은 큰 장점이 된다.

그런데 오늘, 그 일상의 웃음이 흙탕물을 뒤집어썼다. 축구로 치면, 중앙선에서 상대 진영으로 공을 드리블해 가다가 강한 태클에 걸린 격이다. 내가 좋아하는 야구로 치면, 평소 제구력 좋다고 소문난 강속구 투수가 던진 공에

헤드 샷을 당한 거라고나 할까.

그를 실제로 만난 적은 없다. 궁금한 것이 생겨 전화로 이것저것 물어보던 차였다. 내가 잘 모르는 분야라서 웃으며 아주 사소한 것까지 물어봤는데 상대는 상당히 불쾌했나 보다. 그때 알았다. 웃음도 듣기에 따라선 비웃음으로 비칠 수 있다는 사실을. 직접 얼굴을 보고 얘기했다면 달랐을까.

하긴 웃음도 울음도 상대의 주관적인 감정에 따라 전달된다. 모두를 웃기는 희극도, 모두를 울리는 비극도 없다. 보편성 감성을 갖는다는 게 그래서 힘들다.

아무리 그래도 비웃는다는 표현은 좀 아닌 것 같다. 내 전화 예절이 무례했나 싶기도 하지만 딱히 그런 것 같지도 않다. 호의를 적의로 받아들인 것 같아 기분이 나쁘다. 통화하기 전부터 그의 기분이 안 좋았던 것이라며 애써 자위하지만 찜찜하다.

점심시간이 됐지만 오전의 불쾌함은 여전하다. 책상 서랍에 감춰뒀던 컵라면 하나를 들고 휴게실로 간다. 손에는 시집 한 권이 들려 있다. 정호승 시인의 〈나는 희망을 거절한다〉.
시간을 분 단위로 쪼개는 생활을 몇 년째 이어가다 보면, 한여름 저수지처럼 감성이 메마를 때가 있다. 감성 한 방울조차 남아 있지 않은 때면 나는 시를 읽는다. 억지로라도 감성을 충전해보려고.
오늘은 감성의 물줄기보다는 위로가 필요하다. 피를 뚝뚝 흘리는 마음에 반창고가 되어줄 시가 간절하다. 컵라면에 물을 붓고 기다리면서 이리저리 뒤적이는데 한 문장이 눈에 들어온다.

'아물지 않으면 흉터가 아니다.'

아직 나의 흉터는 아물지 않았다. 봄 길보다 겨울 길이다. 후루룩, 후루룩. 라면 국물이 시집 위로 튀었다. 제기랄, 진짜 청승맞네. 작전 변경. 휴대폰으로 강다니엘 영상을 찾는다.

웃음으로 생긴 생채기는 웃음으로 낫게 해야 한다. 강다니엘은 역시나 웃고 있다. 백만 불짜리 눈웃음이다. 〈프듀 시즌 2〉 참가 전 모습이 담긴 영상이나 셀카 모습을 봐도 그는 그냥 배시시 잘 웃는 캐릭터다. 눈은 곡선으로 휘어지고 입은 활짝 벌어지는, 참 싱그러운 웃음이다.
모자를 뒤집어쓰고 '머랭 치기' 미션을 수행할 때도 그는 선한 웃음을 잃지 않는다. 어떤 때는 터져 나오는 웃음을 주체하지 못해 바닥에 드러눕기까지 한다. 세월의 흔적이 하나도 묻어나지 않는다. 그래서 더 힐링이 된다.
그런데 희한하게도, 공연 연습에 들어가면 웃음기가 싹 사라진다. 땀을 흘리고 가쁜 숨을 몰아쉬면서 무섭게 집중한다. 연습생인데도 진짜 가수처럼 프로페셔널하다. 잘할 수 있는 부분에서는 당당히 나선다. 랩이 주특기면서도 노래를 부르는 데 주저하지 않는다. 어려운 일을, 힘든 일을, 굳이 피하려 들지도 않는다. 꽤 긍정적이다.
프로그램에 같이 출연한 다른 소속사 연습생이 "내가 여자라면 강다니엘에 팬심 빡 생긴다"고 말하는 것도 이해가 간다. 나도 여자니까.
가장 어린 참가자인 열다섯 살 이우진에게도 그는 웃으면서 다가선다. 맨 처음 만났을 때도 스스럼없이 귀엽다며 그 큰 어깨로 쓱 안아줬다. B반에서 같이 연습하면서도 먼저 장난을 걸고 웃어준다. 배려가 있다. 상대방과 경계를 그렇게 허물어간다.

어쩌면 그 또한 일찍부터 사람들과 쉽게 친해지는 방법을 터득했을지 모르겠다. 어색한 상황을 깨는 가장 큰 무기는 웃음이라는 것을. 강다니엘은 부산에서 홀로 서울로 올라와 낯선 장소에서 낯선 이들과 부딪혀야 했다. 지독한 외로움과도 자신만의 방법으로 싸워야 했을 것이다. 나름 내 경험에 비춰 상상의 나래를 펼쳐본다.
어쩌면 강다니엘 또한 경쟁 상황을 잊기 위해 함박미소를 짓는 게 아닐까. 데뷔가 아득한 상황에서, 웃지라도 않으면 점점 더 내면 속으로 침잠해갈 것 같은 두려움에, 방어기제로 웃음이라는 도구를 차용하지 않았을까. 셰익스피어도 '힘들 때 울면 삼류, 웃으면 일류'라고 했다.

나에게 웃음은 일종의 '가면 놀이'다. 상황이 어렵고 힘들수록 더 크게 웃으며 진짜 속마음을 감춘다. 웃다 보면 현재의 어려움을 잠시 잊게 된다. 울음으로 발산해야 할 것을 웃음으로 무마한 적도 있다. 그래서 더 외롭다 느낀다. 겉모습만 보고 사람들은 "넌 참 긍정적이야"라고 말하지만 정작 스스로 내리는 나에 대한 평가는 다르다. 안으로 울고 밖으로는 웃는, 괴리 상황을 겪어보지 않은 사람은 모른다.

유랑객처럼 여러 블로그를 이리 기웃, 저리 기웃하니 조금은 마음이 편안해진다. 웃음으로 비웃음을 치유했다. 휴대폰에 저장된 우리 아이들 사진도 넘겨 본다. 아이들의 천진난만한 웃음은 만병통치약이다. 강다니엘의 웃음이 '베스트셀러'라면 우리 아이들 웃음은 '스테디셀러'다. 나의 마음이 변덕만 부리지 않는다면 강다니엘의 웃음도 나의 '스테디셀러'가 될 수 있을 것이다. 아직까진 그러니까.

남아 있던 라면 국물을 후루룩 마시고 일어선다. 내일, 나는 아마 다시 웃을 것이다. 모레도, 1년 후에도. 어느 날은 오늘처럼 웃음 때문에 뜻하지 않게 마음이 심하게 베일 것이다. 하지만 그때도 누군가의 웃음으로 치유받게 되겠지. 지금의 강다니엘처럼.

"우리 엄마도 한때는 소녀였으니까"

¶

한 손에는 아이 책가방, 다른 한 손에는 상가 정육점에서 산 오리 고기가 들려 있다. 이질적인 두 물건의 무게에 몸이 뒤뚱거린다.

횡단보도 앞에 세워진 트럭 안이 온통 꽃밭이다. 프리지아, 장미, 국화 그리고 이름 모를 꽃 등등. 트럭 안에서 뿜어져 나오는 향기가 참 좋다. 꽃의 유혹 때문인지, 요즘 들어 마음이 허해서인지 주섬주섬 지갑을 찾는다.

"유진아, 잠깐만."

꽃을 한 아름 샀다. 프리지아 다섯 단과 이름 모를 꽃 여덟 송이. 꽃값이 싸다. 다 해서 1만4천 원. 일반 꽃집이었다면 3~4만 원은 족히 줬을 것이다.

기념일이 아닌데도 꽃을 사는 건 오랜만이다. 근데 우리 집에 꽃병이 있었나. 없는 것도 같다. 어쩌지. 현금으로 계산하는 동안 아이는 횡단보도 신호등만 빤히 쳐다보고 있다.

"엄마, 신호등 바뀌었는데…."

조바심을 낸다. 낭만이라고는 하나도 없다. 꽃을 내밀어도 시큰둥이다. 아홉 살 여자 아이의 감성이 그렇다.

"이 꽃은 프리지아야."

"엉."

건성건성이다. 꽃 이름 따위가 무슨 소용이냐는 식이다. 방금 끝낸 치과 치료가 적잖이 아팠던 듯도 하다. 한때의 '사탕 홀릭'이 미래의 고통을 낳았다. 모든 달콤함에는 후폭풍이 따른다.

남편은 꽃 선물과는 거리가 먼 사람이다. '꽃 살 돈으로 맛있는 거나 사먹자' 주의다. 꽃이 주는 시각적 행복과 맛있는 음식이 주는 미각적 행복은 분명 다를 텐데 같은 기준으로 판단한다. 아이들에게도 아직 꽃을 받아본 적이 없다. 카네이션은 어버이날 의무감으로 주는 거니까 논외로 치고. 아이가 스무 살, 서른 살쯤 되면 꽃을 받게 될까.

나는 부모님에게 매해 꽃을 선물한다. 어버이날에는 용돈만 드린다. 꽃을 드리는 날은 바로 생일날이다. 부모님 생신이 아닌 내 생일에 내 나이만큼의 장미꽃을 친정인 제주도로 보낸다. 해가 갈수록 장미꽃의 숫자는 늘어난다. 다행히 제일 친한 친구의 어머니가 꽃집을 해서 금액적으로 그리 큰 부담이 되지는 않는다. '절친 DC'라는 게 있다. "나 꽃 좀 보내줘" 하면 친구는 알아서 "네 생일 다가오는구나" 한다. 꽃과 함께 카드도 쓴다. 문구는 간단하다. '엄마 아빠, 저 태어나게 해주셔서 감사합니다. 사랑합니다.'

대학을 졸업하고 사회생활을 하면서 스스로 밥벌이가 가능해졌을 때 어느 시점에서인가 깨달았다. 내가 태어났을 때 분명 사람들은 엄마에게 축하를 건넸을 텐데 정작 돌 이후부터는 나만 축하를 받고, 나만 축하받기를 원해 왔다. 내 생일에 제일 감사해야 할 대상은 부모님인데 말이다. 내 생일을 그렇게 자축하는 것은 15년 넘게 지켜온 나와의 특별한 약속이다.

꽃바구니를 받을 때마다 엄마는 "왜 나를 낳았느냐고 원망만 안 해줘도 고맙다"는 말씀을 하신다. 사실 내가 현재 행복한가, 행복하지 않은가는 그다지 중요치 않은 문제다. 행복하건 불행하건 나는 누군가가 간절히 바라던 하루를 살아가고 있고, 그 하루는 부모님이 선물한 것이다. 그것만으로 감사의 이유는 충분하다.

맨 처음 꽃바구니를 받았을 때 엄마는 전화기 너머로 눈물을 훔치셨다. 힘들게 번 돈을 왜 이런 데 쓰냐며 구박도 하셨다. 해마다 올해는 보내지 말라고 하시지만 막상 꽃바구니를 받으면 고맙다는 말씀을 연발하신다.

지난해에는 "꽃은 빨리 시드니까 차라리 관상용 식물을 보내라"고 당당히 요구도 하셨다. 둘째 딸의 고집이 안 꺾일 것이라는 걸 알기에 찾은 나름의 타협점이다. 공기정화에 좋다는 큼지막한 수투키 화분을 보냈다. 문구는 똑같다. '저 태어나게 해주셔서 감사합니다. 사랑합니다.'

2년 전 결혼한 제부도 동생 생일에 장모, 즉 우리 엄마에게 꽃을 보내기 시작했다. 나를 따라하는 거냐고 동생에게 짓궂게 물었더니 "딸보다 사위한테 꽃을 받으면 더 좋아하실 거야"라고 대꾸한다. 아무렴 어떠랴. 5년, 10년, 20년… 부모님께 꽃을 보낼 날이 계속 이어졌으면 좋겠다.

국화와 장미를 조금씩 닮은, 꽃잎이 풍성한 '이름 모를 꽃'의 이름을 알아냈다. 라넌큘러스. 페이스북에 올린 꽃 사진을 보고 회사 후배가 댓글을 남겨줬다.

라넌큘러스라는 이름은 '개구리'를 뜻하는 라틴어 '라이나'에서 유래했는데, 주로 연못이나 습지 같은 곳에서 자라기 때문에 붙여진 이름이라고 한다. 꽃말은 '매혹' '매력'. 300장이 넘는 꽃잎이 둥글게 포개져 신비롭기까지 하다. 매혹당하지 않을 수가 없다. 근처 다이소에서 산 5천 원짜리 꽃병에 노란색 라넌큘러스와 프리지아를 꽂아 두고 한참이나 쳐다봤다.
누구나 한때는 '꽃'이었다. 만개의 순간을 기다리는 '꽃봉오리'였을 수도 있다. 라넌큘러스처럼 척박한 환경에서 수백 겹의 꽃잎을 작은 봉우리 안에 품고 때를 기다렸을 것이다. 〈프듀 시즌 2〉의 연습생들처럼. 강다니엘은 그런 면에서 라넌큘러스를 닮았다.

강다니엘 하면 꽃 이야기를 빼놓을 수 없다. 그가 데뷔 후 부산에서 처음 만난 엄마에게 안긴 꽃이 수국이었다. 수국의 꽃말은 '소녀의 꿈'. 강다니엘은 말했다.

"우리 엄마도 한때는 소녀였으니까."

너란 녀석, 말도 참 잘한다. 소녀 같던 시절도 있었지만 '아줌마'라고 불리는 게 현실이다. "나도 소녀였던 때가 있었거든"이라고 항변해도 나조차 그 시절이 아득한데 남들이 그 시절을 상상할 수 있을까. 다만 이해는 구하고 싶다.
우리 아들도 강다니엘처럼 나중에 커서 "엄마도 한때는 소녀였잖아"라고 말해줬으면 좋겠다. 아들에게 엄마는 아직 그저 '엄마'니까. 엄마들의 로망을 강다니엘이 풀어준다. 직접경험이 어려워 간접경험에서나마 대리만족을 느낀다.

다시금 드는 의문. 나는 아이들에게 언제쯤 꽃을 받게 될까. 어버이날 받는 카네이션은 왠지 너무 무겁다. 감사의 의미도 있겠지만 부모의 의무를 다해달라는 뜻 같다. 이왕이면 빨간 장미꽃이나 노란 프리지아를 받고 싶다. 프리지아의 꽃말은 '청순함'과 '천진난만함'.
여기에 오늘 라넌큘러스도 추가됐다. 습지에 살더라도 수많은 꿈들을 품고 사는, 지는 그날까지 매혹적인 라넌큘러스처럼 그렇게 살고 싶다.

'내 남자'의 연애 ¶

아들은 한껏 들떠 있었다. 마트 가는 길 "아빠, 언제 도착해요?"라고 자꾸만 물어본다. 늘 가던 길이라 대충 짐작이 갈 텐데도 물어보고 또 물어본다.

아들의 호주머니가 두둑한 탓이다. 방학 동안 제주도 외가댁에 3주간 머물렀는데 외할아버지가 넉넉히 용돈을 챙겨주셨다. 생일과 설날이 겹쳐 평소보다 큰돈을 받았다. 제주도에서 올라온 날부터 아들은 마트에 가자고 졸라댔다.

"이번에는 아주 큰 레고를 살 거예요."

어렸을 적부터 아들은 레고를 좋아했다. 처음 레고를 선물 받았던 다섯 살 무렵엔 순전히 내가 다 만들어줬다.

구부정한 자세로 설명서를 들여다보며, 손가락 마디마디 저려가면서 레고 브릭을 끼우고 또 끼웠다.

정작 완성된 작품은 아들의 손 안에서 자주 망가졌다. 그럴 때마다 AS 역시 내 몫이었다. 몇 번씩이나 AS를 하다가 지쳐, 완성된 브릭들을 접착제로 붙여버린 적도 있다. 그게 얼마나 어리석은 짓인지는 한참 뒤에나 깨달았다.

다행히 일곱 살이 지나서부터는 혼자서도 척척 완제품을 만들어낸다. 레고를 만들 때는 없던 집중력도 생기는지, 어떤 건 다섯 시간 동안 제자리에서 꼼짝도 않고 손과 눈만 부지런히 움직여서 뚝딱 만들어냈다. 과한 집중력 탓인지 중간에 토한 적도 있다.

아들의 못 말리는 '레고 사랑'은 현재진행형이다. 학교 방과후수업도 레고 만들기를 신청했다. 생일이나 어린이날, 그리고 크리스마스 때 생일선물 목록에는 늘 레고가 있다. 올해도 다르지 않다. 잠깐 팽이로 한눈을 팔긴 했지만 그래도 레고는 있어야 한다.

마트에 다다르자 아들은 쏜살같이 레고 코너로 달려갔다. 바퀴 달린 운동화를 신었으니 쌩 하니 미끄러져갔다는 표현이 맞을 것이다. 이번에는 장담한 대로 큼지막한 것을 골랐다. 11만7천 원. 가격이 만만찮다. 하지만 아들은 자신만만하게 호주머니에서 5만 원짜리 지폐 세 장을 꺼내 보여준다.

"다음엔 이거 사고 싶어요."

아들이 손으로 가리킨 제품은 21만 원짜리. 곁에 있던 남편의 눈이 휘둥그레진다.

"안 돼!"

아들은 모든 용돈을 탈탈 털어 레고 회사에 바칠 모양이다.

"엄마도 안 돼."

아들 표정이 금세 실망스러워진다. 그래도 한도초과다. 레고 한 박스면 아들에게 시켜보고 싶은 인라인 스케이트를 사고도 남는다. 집 안에서 좋아하는 레고를 만드는 것도 좋지만, 집 밖에 나가 인라인 스케이트를 타면 더 좋겠다. 아들은 아직까진 시큰둥하다. '극성엄마' 모드가 발휘될 시점이다.

장난감 코너를 돌아 식품 코너로 가는데 회사 메신저 알

림이 떴다. 회사의 여러 개 단톡방 중, 잡다한 얘기를 나누는 단톡방이 깜빡인다. 클릭해보니 후배가 기사 한 개를 링크해뒀다.

헉! 강다니엘 열애설 기사다. 그것도 현재가 아닌 과거에 교류가 있던 여성 래퍼인가 보다.

식품 코너에서 장을 보는 와중에 짬짬이 기사를 훑었다. 아이돌에게 열애설이 얼마나 치명적인지는 잘 안다. 특히 갓 데뷔한 아이돌, 더군다나 리얼리티 프로그램을 통한 대중의 선택으로 무대에 올려진 아이돌에게는 더 악재가 될 수 있다. 하지만 이는 10대, 20대 팬들에게 한정된 얘기인지도 모르겠다.

난 사실 강다니엘이 연애를 하든, 결혼을 하든 전혀 개의치 않는다. 그래서 단톡방에도 "스물셋 먹은 남자애가 연애 한번 안 해봤다면 그게 더 이상한 것"이라는 글을 남겼다. 아이 둘 있는 마흔 넘은 아줌마 팬으로, 강다니엘이 사생활적으로 좀 더 자유로웠으면 하는 마음도 있다. 음주 사고 등 법적으로나 도덕적으로 지탄받는 일만 하지 않으면 된다.

하지만 10대 팬들의 생각은 조금 다른 것 같다. 나의 '아이돌 스승'인 고1 조카에게 이런 말을 했더니 조카는 10대 팬의 보편적인 생각을 들려줬다. 환상 속의 남자친구여야만 하는 아이돌은 절대 열애설이 나면 안 된다는 것. '유사연애'의 감정을 망칠 수 있기 때문이란다. 열애설이 터지면 수많은 팬들이 탈덕을 하는 이유일 것이다.

"이모, 팬미팅 가면 아이돌이 눈앞에서 얼마나 친절하게 대해주는데…. 진짜 남자친구처럼 지긋이 바라봐주고 손 잡아주고 그러거든. 그래서 팬미팅 가려고 CD 100장 사고, 매장 앞에서 밤새 줄 서고 그러는 거야. 그런데 열애설 나봐. 그 환상이 다 깨지는 거지."

알면 알수록 이해하기 힘든 아이돌 세상이다. 나의 경우 내가 좋아하는 사람이, 나를 즐겁게 해주는 사람이 행복하면 그만인 것 같은데, 아직 어린 팬들에겐 어려운 문제인 것 같다. 아이돌은 팬들에게 잊힐 만할 즈음에야 연애를 밖으로 드러낼 수 있는 것일까. 팬들의 사랑은 넘칠 만큼 받지만 정작 개인의 사랑은 꽁꽁 숨겨야 한다니. 워너원이 팬미팅이나 공개된 장소에서 '워너블'을 꼭 언급하는 것도 그런 이유 때문일 것이다.

아이돌 시대가 도래하고 20여 년이 흘렀지만 열애설에 대한 반응은 크게 달라지지 않은 듯하다. 90년대 말, HOT 문희준과 베이비복스 간미연의 스캔들이 터졌을 때 간미연은 피 묻은 협박 편지와 함께 면도날을 받아 정식수사까지 요청했었다. 세월이 흘러 지금은 토크쇼에서 웃으며 지난 얘기를 하지만 당시에는 엄청난 충격이었을 것이다.

요즘은 카메라 성능도 엄청나게 좋아져서 아이돌의 연애가 더 힘들어졌다. 할리우드만큼은 아니지만 숙소 근처에 잠복해 연예인의 동선을 따라다니는 매체도 늘어났다. 사진이 찍힐 경우, 울며 겨자 먹기로 공개열애를 하기는 하지만 그 이전에는 발뺌이 우선이다. 열애를 인정하기에는 잃을 게 너무 많다. 아이돌은 늘 공식적으로 '애인 없음' 상태여야만 한다.

애들 간식거리를 사려고 과자 코너로 가자 때마침 워너원이 한창 광고 중인 초콜릿이 보였다. 먼저 발견한 아들이 손가락으로 가리키며 이렇게 소리친다.

"엄마! 엄마가 좋아하는 강다니엘!"

굳이 그렇게 큰소리로 알려줄 필요는 없는데…. 주변 사람들이 다 나를 쳐다보는 것 같아 얼굴이 달아오른다. 레고 코너에서 "아들! 네가 좋아하는 레고!"라고 소리쳐줄 걸 그랬나. 초딩 같은 유치한 생각이 순간 떠오른다.

차마 똑바로 쳐다보지도 못하고 곁눈질로 훔쳐본 초콜릿 박스 속 강다니엘은 여전히 환하게 웃고 있다. 스캔들, 그것도 가수 데뷔 전의 일. 열애 기사가 나기 전이나 난 후에나 나에게는 똑같은 강다니엘이다.

이런저런 악플들로 상처받지 않고 그 환한 미소에 그늘이 생기지 않기를 바랄 뿐이다. 초콜릿은 달콤하면서 쓰니까. 아이돌, 혹은 연예인 생활처럼.

226

오롯이 내가 되는 시간

¶

"엄마 뭐 봐?"

이크, 들켰다. 급하게 휴대폰 창을 닫는다.

"다 봤거든!"

예리한 녀석이다. 남편 생일을 맞아 점심을 먹기 위해 인천의 유명한 중국집으로 가는 길, 잠시 틈이 난 사이 미리 구매해놓은 〈무한도전-토요일 토요일은 가수다(토토가)〉 VOD를 켰다. 아침 포털 기사에 〈토토가〉 얘기가 많았었다. 꼭 본방사수 해야지 싶었는데 정작 당일에는 깜빡했다. 그날 아들 생일파티를 해주느라 다른 데 신경 쓸 겨를이 없었다.

"뭐야?"

7인승 카니발 맨 뒷좌석에서 오빠, 사촌언니와 장난치며 놀던 둘째가 앞쪽으로 얼굴을 빼꼼히 내민다. 나를 닮아 딸은 호기심이 많다.

"HOT. 넌 몰라."

HOT는 2001년 해체됐고, 둘째는 2010년생이다. 당연히 모를 수밖에 없다. 그래도 휴대폰을 통해 흘러나오는 〈캔디〉 후렴구를 듣더니 조금씩 따라 부른다. 가사를 모르니까 그냥 흥얼거리는 수준이다.

나는 HOT 팬은 아니었다. 그들이 막 데뷔했을 때 'HOT'를 '핫'으로 읽느냐, '에이치오티'로 읽느냐에 따라 교수님이나 선배들의 트렌드 감각을 구분할 정도로, HOT는 당시 유행의 최전선이었다. 'HOT'가 'Highfive Of Teenagers(10대들의 승리)'의 약자라는 것 정도는 나도 알고 있었다. 동아리 선후배들과 노래방을 가면 〈캔디〉는 고정 레퍼토리였다. 따라 부르기 쉽고 무엇보다 분위기를 띄우는 데 최고였다.

여덟 살 터울의 막냇동생은 HOT 장우혁 팬이었다. 나는 과외비를 받으면 동생에게 파란색 헐렁한 티셔츠나 장갑 같은 HOT 굿즈를 사서 우체국 소포(당시에는 택배가 없었다)로 보내주곤 했다. 당시 10대 아이들 대부분이 HOT를 좋아했다. 이대 앞 보세거리에는 빨간색, 파랑색, 노란색 티셔츠와 장갑들, 그리고 형형색색의 모자들이 넘쳐났다.

아이돌 관련 굿즈가 본격화된 것은 아마 HOT 때부터였던 듯하다. HOT 이전에 서태지와 아이들이 바닥을 쓸고 다닐 법한 헐렁한 바지와 머리 두건 등을 유행시켰지만, HOT 굿즈는 더 다양하면서 또 창의적이었다.

〈토토가〉에 대한 궁금증은 90년대를 살아낸 사람으로 당연한 일이다. 사람들은 연예인을 통해 과거 자신의 모습을 반추한다. 〈투유 프로젝트-슈가맨을 찾아서〉에 나온 가수들에 열광하는 것도 마찬가지다. 터보, 젝스키스에 이어 NRG, 솔리드까지 재결합한 이유도 과거 문화에 대한 향수 때문일 것이다. 〈응답하라〉 시리즈가 인기를 끈 것도 같은 선상이다. 70~80년대에 태어나 90년대를 관통해 21세기를 살아가는 30~40대는 과거가, 아니 청춘이 그립다. 나도 그렇다.

점심을 먹은 뒤 집으로 돌아와서는, 중간에 끊었던 VOD를 다시 켰다. 울컥 하는 마음이 든 건 HOT 공연을 볼 때가 아니었다. 관중석에 앉은, 이제는 더 이상 소녀가 아닌 팬들이 하얀 풍선을 흔드는 광경이 더 가슴을 파고들었다.

17년 만의 재결합이 그저 반가운 이들도 있었으나 일부는 펑펑 눈물을 쏟아냈다. 그 눈물이 송곳으로 찔러대듯 아리기까지 했다.

고등학교 때부터 신승훈을 좋아했다는 S가 생각난다. S는 짝이 복사해준 노래 테이프를 듣다가 신승훈에 푹 빠졌다. 대학 들어가면 팬클럽 가입해야지 하는 마음으로 공부를 했고, 대학에 가서는 실제로 팬클럽에 들었다. 공개방송은 물론 콘서트도 따라다녔고 생일 팬미팅 때도 초대됐다.

문화부 기자가 됐을 때 S는 덕질을 멈췄다. 굳이 덕질을 하지 않아도 신승훈을 인터뷰할 기회가 생겼고 사심도 덩달아 채워졌다. 결혼과 육아로 너무 바빠 덕질은 잠깐 멈췄지만, 아이가 크고 시간이 난 뒤부터 다시 콘서트를 따라다닌다. 지금은 기자가 아닌 상담사의 길을 걷고 있는 S는 "기자를 관둔 게 후회되는 유일한 때가 '그분'이 보고 싶을 때"라 했다. 신승훈은 S에게 한때는 '오빠'였고, 지금은 '그분'이 됐다.

> "그분 콘서트 가면 오로지 나라고 느껴져요. 엄마도 아내도 상담사도 아닌 그냥 나요. 그런 것 때문에 더 콘서트를 가고 싶은 것 같아요. 나만을 위한 즐거움을 위해서요."

17년 만에 한 무대에 선 HOT를 바라보는 팬들의 마음도 그와 같지 않을까. 오롯이 '나'로 돌아가는 시간. 다시는 돌아갈 수 없지만 같은 공간 안에서 그저 '오빠들'과 '나' 그리고 '우리'만 마주하는 순간. 그들에게 감정이입이 되면서 나 또한 눈시울이 붉어졌다. 마음 한편에는 '이게 무슨 청승이람' 하는 마음도 든다. 옆에 있던 남편한테 안 들키려 괜히 딴청을 피운다.

HOT 팬이던 동생은 어땠을까 궁금한 마음에 카톡을 날렸다.

"너 토토가 봤누?"

"어."

"어땠누?"

"ㅋㅋㅋ 뭘 어때. 늙었구나 했지ㅋ."

낭만 없는 녀석. 한 달 전에 둘째를 낳았으니 이해해주자 싶었다. 산후우울증을 조심할 때다. 〈토토가-HOT편〉 1부는 드라마 〈황금빛 내 인생〉을 보느라 중간부터 본 동생이었다. 동생 또한 늙었다. 팬심에도 거미줄이 쳐질 만큼의 세월이다.

잠시 뒤 한 장의 사진이 전송된다. 텔레비전 불빛만 있는 어두컴컴한 거실에서 동생의 첫째 아들은 바닥에 널브러져 아무렇게나 자고 있고, 둘째는 소파 위에서 엄마 팔을 베고 잠들어 있다. 첫째 발밑에는 강아지 콩이까지 몸을 웅크리고 있다.

엄마 없이는 침대에서 혼자 안 자는 첫째는 역시나 〈뽀로로〉를 틀어 달라 계속 시위(?)를 하다가 그대로 거실 매트 위에서 잠들었다고 했다. 20개월 조카는 이모한테는 강다니엘 때문에, 엄마한테는 HOT 때문에 줄줄이 패배감을 맛보고 있다.

> "인스타에 애 엄마들이 그날은 애 사진 말고 죄다 토토가 사진이더만. 내 고딩 동창은 쌍둥이 집에 놔두고 외박했던데."

덩달아 인스타그램 캡처 사진까지 보여준다. 여자 셋이 'CLUB HOT'라고 쓰인 하얀 티셔츠를 입고선 '97년엔 강타부인, 현재 쌍둥이맘' '97년엔 안승부인 여전히 안승부인'이란 문구가 적힌 A4용지를 들고 뒤돌아 앉아 있다. 해시태그도 눈에 띈다. '#결국 #울음바다 #우린 #22년간 #하나였다 #현실복귀_전ㅠㅠ'

어쩌면 '쉼표'일 수도 있겠다. 물음표와 마침표만 가득한 삶이라는 책에서, 가끔씩 쉼표를 찍어주는 것도 필요하다. 그래야 다음 글을 이어갈 수 있으니까.

어차피 마주할 수밖에 없는 현실 속에서 가끔은 과거의 나로 돌아가 마음속부터 게워내고 싶은 때가 있다. HOT는, 혹은 먼 훗날의 강다니엘은 그 방아쇠만 되어주면 된다. 그것으로 그들의 역할은 다한 것이다.

덕질이 우리 삶에 가르쳐주는 것들 ¶

드라마 〈밥 잘 사주는 예쁜 누나〉가 화제다. 드라마 자체보다 남자 주인공 정해인에 더 열광하는 분위기다. 오로지 나만 바라보는 잘생긴 직진 연하남, 누나들의 로망 아닌가. 게다가 정해인은 눈웃음마저 예쁘다.

그렇다고 내가 정해인에게 '꽂힌' 건 아니다. 드라마는 그저 드라마일 뿐 현실적인 감흥은 없다. 끝은 이미 짐작이 가능하다. 모든 연애의 끝은 이별 아니면 결혼이니까. 이별로 향해 가는 사랑, 혹은 결혼으로 방점을 찍는 사랑뿐이다. 지극히 이분법적인 것 같지만 다른 옵션은 모르겠다. 아련한 첫사랑도 대전제는 '이별'이니까.

나이가 들수록 마음의 자물쇠를 단단히 채워가는 것도 '끝'을 머릿속에 그리기 때문일 것이다. 수십 년간 수많은 '끝'을 경험하면서 회의적인 인간이 됐다. '이런들 어떠하리 저런들 어떠하리' 싶다.

끝과 시작은 연결돼 있고, 어차피 시작은 끝으로의 여정이다. 그래서 시작한다고 기뻐할 것도, 끝났다고 슬퍼할 까닭도 없다. 감정은 그런 과정 속에서 침잠해간다. 아니, 식어만 간다. 감성은 딱딱한 돌덩이가 되어 간다.

첫째가 열한 살, 둘째가 아홉 살. 나는 지금 일을 쉬고 있다. 작년 말 결단을 내렸다. 6개월 남아 있던 둘째 육아휴직을 감행했다. 휴직계를 제출하지 않으면 사라져버릴 시간이었다. 그나마 내가 다니는 신문사는 육아휴직에 관대하다. 남자 후배들도 주저 없이 1년씩 육아휴직을 쓴다.

낙제점으로 향해가는 나의 삶에 올바른 항로를 찾고 싶었다. 일이나 육아에서 프로답고 싶지만 나는 늘 아마추어 같은 모습이다. 나를 온전히 반쪽으로 나눠 일과 육아에 전념하고 싶지만 이는 말로만 가능한 일이다. 삶의 추는 항상 어느 쪽으로든 기울었고, 다른 쪽의 나는 민폐적 상황에 부딪쳤다.

아슬아슬한 외줄타기 삶에서 잠시 멈추고 숨을 고르고 싶었다. 삶이라는 테이프는 도돌이표처럼 반복 재생되는데, 포즈 버튼 한두 번 정도는 눌러줘야 할 것 같았다.

일에서 일을 뺐는데도 나의 삶은 여전히 바쁘다. 〈24시간이 모자라〉가 계속 귓속을 맴돈다. 익숙하지 않은 일을 익숙하게 만드는 일을 무한 반복한다. 일이 빠져나간 자리에는 어느새 다른 일로 채워진다. 아이들의 아침을 늘 함께해주고, 집안일을 하며, 수업이 끝날 무렵 학교로 가서 두 아이의 손을 잡고 집으로 돌아온다. 교문 앞에 서 있는 엄마를 보면 아이들은 환한 미소로 뛰어온다.

'부모'가 아닌 '학부모' 역할에 나름 충실하고 있다고 자위하지만 육아는 늘 어렵고 답답하다. 남편이나 시부모님 모두 '엄마가 전문가'라고 생각하기 때문인 듯도 하다. 하지만 처음부터 엄마였던 사람은 없다. 자발적이든 강제적이든, 하다 보니 어느새 엄마가 돼 있다. '문득'은 물론 아니다. '엄마'는 내가 자발적으로 택한 길이다. 가끔씩 남편한테 말하고는 한다.

"당신 엄마와 나를 동일시하지는 마."

그래도 남편은 나에게서 시어머니의 모습을 찾는 것 같다. 마치 처음부터 엄마였던 듯 '아내=엄마'의 등호가 어느새 자리 잡고 있다. 언제나 "자기가 더 잘하잖아"라고 핑계를 댄다. 그러나 남편이 '아빠'가 처음이듯 나 또한 '엄마'는 처음이다. 도대체 아이를 낳자마자 엄마가 되는 사람이 있을 수 있겠는가. 엄마도 아기처럼 목을 가누는 것부터 배운다.

회사를 다니면서 늘 하던 온라인 게임을 휴직 후 접었다. 신기하게도 회사 일에 대한 스트레스가 사라지자 자연스레 게임과도 멀어지게 됐다. '현질'을 해서 모은 아이템이 많던 앱도 지웠다. 한때는 게임 아이템 구입으로 콘텐츠 이용 요금이 7만 원 넘게 나온 적도 있었다. 승부욕은 엉뚱한 데서 발로된다. 내가 게임을 했던 것인지, 스트레스가 게임을 했던 것인지 지금은 모르겠다. 다시 복직하면 앱을 되살리게 될까.

매일 밤마다 하던 '강다니엘' '워너원' 검색 횟수도 조금 줄었다. 이젠 누워서 한참 동안 기사를 읽거나 영상을 보는 일도 적어졌다. 머릿속이 너무 복잡해 생각이라는 것을 지우고 싶을 때, 아이들 등교 후 아무것도 하기 싫을 때 침대에 멍하니 누워 있다가 또 습관적으로 휴대폰 검색어에 '강다니엘'을 치기는 한다. 위로가 필요한 순간에 그는 항상 그 자리에 있다.

탈덕은 절대 아니다. 강다니엘만 한 '현실 망각'의 도구가 아직 없다. 아직도 나는 그를 아주, 많이, 진심 응원한다. 방송사고 같은 자잘한 실수가 나와도 그럴 수 있다 싶다.

완벽한 사람은 세상에 없다. 완전함을 강요하는 것 자체가 구속이다. 실수를 하면 오히려 인간적이어서 좋다. 실수를 통해 하나 더 배우면 된다.

새로운 앨범이 발매되면 역시나 예약 구매를 한다. 출퇴근 시간이 사라지면서 차 안에 있는 시간도 줄어 음반 들을 시간이 많지 않지만 그래도 산다. 집에서는 그냥 유료로 가입한 음원 스트리밍 사이트에서 반복해 듣는다. 한 가지 일에 열정적으로 달려들 수 있다니 나 또한 놀란다. 맥주를 사도, 치킨을 시켜먹어도, 일부러 워너원이 광고한 것을 고른다. 과자나 초콜릿을 좋아하지는 않지만 아이들과 슈퍼 갈 때마다 일부러 한 개씩은 집어온다. 워너원이 신한은행 광고 모델이 되면서 '휴대폰에 은행 앱은 깔지 않는다'는 신념도 버렸다. 강다니엘 사진이 박혀 있는 체크카드까지 신청했다. 내 월급 통장은 KEB하나은행인데도 말이다.

강다니엘은 처음처럼 무한 에너지를 발산한다. '강고기'로 불릴 정도로 고기를 좋아하고 통후추나 얼린 파를 그냥 씹어 먹는 야성의 식성도 있다. 배고플 때는 현기증

난다며 짜증도 낸다. 갑각류 알러지도 있다. 21세기 소년은 불쑥불쑥 텔레비전 화면에서 튀어나와 나를 미소 짓게 한다.
워너원은 광고만 해도 25개 이상 찍었다. 이만큼 광고를 많이 찍은 아이돌이 있었나 싶다. 인지도와 영향력이 그만큼 크다는 뜻일 것이다. 문화 곳곳에 워너원이 스며들어 있다. 10대를 기반으로 한 문화가 40~50대로까지 확장됐기 때문에 가능한 일이다. 콘서트 현장에도 한 번 가고 싶지만 그것은 조금 더 어린 친구들에게 양보한다.

언니와 형부는 나의 아이돌 덕질을 존중은 하지만 여전히 탐탁지 않아 한다. 책을 읽거나 운동을 하면 무엇인가 얻을 수 있는데 아이돌 덕질은 그저 시간 때우기일 뿐이라는 이유에서다. '생산적 덕질'이 아니라고.
하지만 무슨 행동을 할 때 꼭 생산적이어야만 할까. 일상에서 나는 이미 너무 많은 것을 생산하고 있는 것 같은데 굳이 취미까지 생산적인 활동을 해야 하는 걸까. 나는 덕질을 통해 나의 생산적 활동을 잠시나마 멈추고 싶다.
게다가 요즘 아이돌 덕질은 자발적인 기부, 봉사 등의 긍정적 방향으로도 흘러간다. 눈살을 찌푸리게 하는 과한 행동을 하는 팬들도 더러 있지만 이는 일부의 이야기일 뿐이다. 요즘 아이돌 팬들은 어떤 행동과 말이 '우리 오빠' '우리 ○○'에게 도움을 줄지, 해를 가할지 잘 안다.

나는 강다니엘이 고맙다. 아마추어도 프로도 아닌 삶의 중간 지점에 있던 나에게 '프로'의 의미를 되묻게 했다. 무엇이든 완벽할 필요는 없을 것이다. 그냥 주어진 여건에서 최선만 다하면 된다.

나 또한 20대 때는 그랬던 듯하다. 기자를 준비했던 나는 국민프로듀서가 아니라 신문사 임원들에 의해 선택됐지만 분명 그때는 '꿈'이란 것을 품고 있었다. 사람의 마음을 움직이는 기사를 쓰고 싶다는 그런 꿈. 그런데 지금은 많이 흐릿해졌다. 40대는 도전보다는 안정을 원할 때다.

21세기 소년의 열정이 불씨가 되어 20세기 소녀의 마음에 불을 지핀다. 아마 그래서였던 것 같다. 뒤늦은 아이돌 덕질의 이유는 그의 무대 위 열정이, 그의 티 없는 웃음이 마냥 부러웠던 까닭이다. 나이와는 상관없이 '동경'의 의미도 된다.

한때 나도 거침없이 열정적이었으며, 불안한 미래와 상관없이 그저 순간에 충실하며 맑은 웃음을 짓고는 했다. 두려움 따위는 없었다. 내가 갈구한 것은 어쩌면 워너원의 그 뜨거운 열정, 그 청량한 청춘이었던 듯하다.

청춘이란 것이 그렇다. 잊고 있다가도 어느 순간 불쑥 튀어나와 사람 마음을 아리게 한다. 그래도 아직은 청춘이라고, 끝날 때까지 끝난 것은 아니라고 믿고 싶다.

워너원, 그리고 강다니엘처럼.

KI신서 7792

본격 늦바람 아이돌 입덕기
이 나이에 덕질이라니

1판 1쇄 발행 2018년 9월 27일
1판 2쇄 발행 2018년 10월 10일

지은이 원유
펴낸이 김영곤 박선영 **펴낸곳** (주) 북이십일 21세기북스

출판사업본부장 정지은
실용출판팀장 김수연 **기획편집** 남연정
실용출판팀 장인서 이보람 이지연
디자인 design group ALL
일러스트 강한
마케팅본부장 이은정
마케팅1팀 김홍선 최성환 나은경 송치헌
마케팅2팀 배상현 신혜진 조인선
마케팅3팀 한충희 최명열
홍보팀 이혜연 최수아 문소라 박혜림 전효은 염진아 김선아
제작팀장 이영민

출판등록 2000년 5월 6일 제406-2003-061호
주소 (10881) 경기도 파주시 회동길 201(문발동)
대표전화 031-955-2100 **팩스** 031-955-2151 **이메일** book21@book21.co.kr

ISBN 978-89-509-7739-9 (03810)